杯酒文章

于水 著

山西出版传媒集团
北岳文艺出版社
BEIYUE LITERATURE & ART PUBLISHING HOUSE

·太原·

图书在版编目（CIP）数据

杯酒文章 / 于水著 . — 太原：北岳文艺出版社，
2019.1
（格致文库）
ISBN 978-7-5378-5744-4

Ⅰ . ①杯… Ⅱ . ①于… Ⅲ . ①散文集—中国—当代
Ⅳ . ① I267

中国版本图书馆 CIP 数据核字〔2018〕第 250060 号

书　　名：杯酒文章
著　　者：于　水
责任编辑：关志英
书籍设计：鸿儒文轩·书心瞬意

————

出版发行：山西出版传媒集团·北岳文艺出版社
地　　址：山西省太原市并州南路 57 号
邮　　编：030012
电　　话：0351-5628696（发行部）
　　　　　0351-5628688（总编室）
网　　址：http://www.bywy.com
E－mail：bywycbs@163.com
经 销 商：新华书店
印刷装订：北京中华儿女印刷厂

————

开　　本：787mm×1092mm　　1/32
字　　数：117 千字
印　　张：6.875
版　　次：2019 年 3 月第 2 版
印　　次：2019 年 3 月北京第 1 次印刷
书　　号：ISBN 978-7-5378-5744-4
定　　价：48.00 元

目录

好下酒物
——代序

于水作文，尽是日常琐事，信笔写来，不紧不慢，从容不迫。可是不知什么时候，冷不防甩出一句话来，文理似通非通，而又着实可爱。

比如，送儿子去考场，"在离高考点两公里的地方，找个停车场，将车停稳，陪儿子步行过去。为何不直接开过去呢？高考专家说了，根据以往经验，坐车的考生考不过走路的、骑车的。其中的科学道理大概就是，考前的适当运动可激活全身细胞，相当于运动员比赛之前的热身吧。"说得有板有眼，人们正要会心一笑，下面接着又冒出一句："当年乘车骑马的国民党打不过徒步行走的红军，说不定也有这方面的因素。"机关枪打炮弹——不对口径。但又不能不说是一妙语。所谓妙语，就是又糊涂又明白，使人弄不清是出自高智商还是低智商，是一本正经还是逗人玩儿。

《大觉寺夜赏玉兰》里的几个哥们儿，自带烟、酒、饮料进餐馆，"我去洗手，见楼梯边几个小姐撇着嘴议论：'楼上那桌连水果都自带了，咋比本山大叔还抠呢！'"作者也议论了："吃食自带，才是真的奢侈，若是连菜都能自带，餐馆只提供桌椅。就说炒菜油吧，自带，谁还会带地沟油呢。"闲处着笔，捎带一刺，一刺见血。

"雅"，总要由"俗"给垫着底儿。饿着肚子，雅不起来；去解决肚子问题吧，又没了雅的工夫。结果往往是，不，肯定是雅不敌俗。谁要是碰上雅、俗正在较量的节骨眼上，那就活该去尴尬吧。可是《小雅的心，大俗的肠胃》竟将这个中况味，难言之隐给摆弄得妙趣横生。

当读文读到一半儿时，眼前忽然一亮，见下面有一句话："收，若含羞草动；放，若兰花开。"是指洛神的舞姿。真赞佩于水用词之巧。"含羞草"用在这儿再是恰当不过，既显难显之情，又状难状之态。且呼应对仗，跌宕有致，朗朗上口，齿颊生香。陈思王当也会盛赞深获我心。可是这话语又是从饿瘪了的肚子里冒出来的，应说是"雅"的惨胜吧。

趣人，才能写出趣文。文如其人，这话一点儿不错。如若再问，趣人之"趣"由何而来，因素固多，而重要的一点应是至情至性。再者人的复杂性和事的复杂性总是错综纠结，往往是庄重与诙谐、真挚与荒唐被弄得你中有我我中有你，以致相互错位。《高考，家长手记》通篇无一事不好笑，却又无一事不感人，亲情与荒唐实是难解难分，呜呼！可怜天下父母心。

行笔至此，忽焉语塞，唯拍案大呼：好下酒物。

韩羽

于水　金陵十二钗册页——巧姐　34cm×45cm　纸本设色　2014 年

咖喱化

　　先是一道咖喱味绿色浓汤，接着是四个小凉菜，青豆、番茄、菜秆、豆子，也一概被咖喱过，辣辣的。由于大圆餐桌是供西餐的，中间没有中国式转盘，四盘凉菜，只能像击鼓传花那样，转了一圈，大家总算都吃过了。脸色黑黑的侍者小弟，很谦卑地给每人面前放了一个大盘子，估计该上主菜了。果然，一道炒米饭上来，每人盘中分到两勺。接着是咖喱鸡、咖喱鱼、咖喱羊，一路分下来。味蕾已经被咖喱了，已分辨不出哪个是鸡哪个是羊。每人又分到一个咖喱味的水饺（大概专为中国客设计的），最后是水果冰激凌和一牙甜饼。其间还有侍者提着竹篮供小烙饼，跟中国烙饼差不太多，就是不分层而已，属于辅助主食。

　　这是"水墨聚焦"画展在印度开幕的晚宴，同吃的有印度外长、中国大使及社会名流等。据说，这一餐是印度餐饮的顶级水平。形式上，揉西餐、印餐、中餐为一体，味道还是主打印度咖喱。咖喱，是印度人口中的绝对美味，把鸡、羊、鱼一咖喱，什么腥味、膻味一律摆平，当然，很多动物在印度是不能随便咖喱的，比如牛、骆驼、猪、狗等。若是换中国，从咖喱驴到咖喱蚯蚓，天下动物都难逃咖喱之命，幸好中国人不好咖喱这一口。

咖喱是一种方法，食材是猫是狗不重要，而咖喱本身很重要，没有好的咖喱，就成全不了印度美食。就好比画中国画，不在你画什么，山水也好，人物花鸟也罢，关键看你"咖喱"了没有，比如画家田黎明、二刚、刘进安、朱新建、怀一等，都是有"咖喱"的，山水、花鸟、人物，一上手就好。真可怜那些自称"鸡王""鸭王""虎王""猴王"的画侠们，没有"咖喱"，又何以王天下？

一个情种一座泰姬陵

　　我站在泰姬陵脚下的时候，还是被它那巨大的体量惊呆了！世界七大奇迹，泰姬陵还真不是浪得虚名！它也是七大奇迹中唯一的爱情奇迹。白色的大理石建筑，历经三百年风霜雪雨，摸上去，滑润得有点儿像羊脂玉，像美人的肌肤。夕阳照过来，整个泰姬陵呈粉红色，凄美得让人莫名惆怅。心中想起《长恨歌》，"天长地久有时尽，此恨绵绵无绝期"。

　　建造这座惊世陵墓的情种是印度蒙兀儿王朝五世沙杰汗皇帝，他娶波斯美女泰吉·马哈尔为妻，据传其貌倾国倾城。泰吉三十七岁，生十四胎时难产而死。沙杰汗大悲致一夜头白。为解思念之苦，开始建造泰姬陵。耗时二十二年，全部使用白色大理石，死二十万奴隶，建好后，还没来得及"剪彩"，儿子篡位，老国王惨遭幽禁。命苦得有点像中国的唐玄宗，从马嵬坡回来，既失了美人，也丢了江山。

老国王被幽禁的阿格拉堡离泰姬陵不远，老国王可怜巴巴地去求自己的儿子：就一个小小的请求，能否在朝向泰姬陵的方向，开一个小小的窗口，让我每天望一望你娘，以解相思之苦？儿子允。

我趴在老国王开的这个小窗口望出去，在弯曲的亚穆纳河畔，暮霭中的泰姬陵若隐若现，似海市蜃楼，又似人间仙境："忽闻海上有仙山，山在虚无缥缈间。楼阁玲珑五云起，其中绰约多仙子……"年老的国王就这样泪眼朦胧地望眼欲穿，他是否看到"中有一人字泰吉，雪肤花貌参差是"？是否也曾"夜半无人私语时"？八年之后，老国王灭了肉身，追随泰吉团聚去了。

女人对于爱情，总希望有个物证，空口无凭，有个抓手才能安心。一枝玫瑰、一个"鸽子蛋"，一辆BMW，一幢别墅或一座江山，送什么层次的，要看郎君的实力。若是女人能够倾国倾城，又幸遇一帝王情种，那动静可就大了。如果女人再丽年早逝，所得到的，差不多就是世界七大奇迹了。比如，中国三国时的大美人洛神宓妃被魏王之子曹植苦恋，可惜曹植没接上皇位，只留下一首诗——一卷《洛神赋》传世。中国秦代的阿房姑娘，与始皇帝青梅竹马，秦始皇就给她造一座阿房宫，可惜被项羽一把火烧了，不然世界又多一大奇迹，说不定还排在泰姬陵前面。再比如，中国唐代的杨贵妃，唐玄宗爱得死去活来，可惜皇帝想造"奇迹"时已没了权力。古今中外一比，泰吉大概命最好，一座泰姬陵铸成永恒物证。想问躺在陵下的泰吉，美人是否感到幸福？

夜色降下来，泰姬陵隐身黑暗中。我将心中的《长恨歌》改了一个字：

天长地久有时尽，

此"爱"绵绵无绝期。

于水　金陵十二钗册页——元春　34cm×45cm　纸本设色　2014 年

在联合国开会

上午十一点，在联合国大厦二层，"联合国公务员日"会议正在进行，一团平日里最讨厌开会的画家鱼贯而入。到会的有张桂铭、张志民、刘二刚、杨春华、怀一、林海钟、何加林、胡石等。

联合国的会场，平时只在电视里见过，进入会场还是头一回。主席台很朴素，一排桌子后面坐着五六个人，最右侧一人发言，其他人准备，左边是主持人，在他们身后两旁立着十几面国旗。主席台后面下部，还有两个 DJ 在操控音响效果。会场后面的座席呈弯月形，主座椅有扶手，每人桌前有一小麦克，副椅联排类似加座，每椅边均设有耳机，有两个调节钮，一个管音量，一个管语种。每个椅子上还放有一本本次会议的册子，册子里还刊登了我们每人一幅画，因为画展是这个活动的一部分。我们因属旁听，均坐在会场两侧的副椅上。

正在发言的是墨西哥的代表，用英文轻声细语地说着，但我们听不懂，二刚说，听中文是5。戴上耳机，调好频道，果然听到中文的同步译音。

译者操标准的普通话，偶有北京腔，很好听，一男一女轮班。他们的位置大概在会场最后面的二楼，电视转播的玻璃后面，可以看到发言人的表情动作。

会议代表们发言的内容大致为，该国政府如何克服困难，如何采取措施，如何完善该国公共服务设施等，有点像我们的工作总结、经验介绍，好像不太吸引人。台下坐着各国的代表，很认真地在听，没有人瞌睡。听烦了，可以自行到场外的咖啡厅休息，会场至少空席三成以上，所剩多为黑人及身着民族服装的第三世界代表。咖啡厅坐满了人，多为西装革履的白人，或在饮或在聊。

中国大使馆的朋友告诉我，这是联合国的一般性会议，只来了几位副秘书长，潘基文并未到场。在联合国开会，代表一般都很随便，不一定全程听完。而在有美国代表发言的时候，往往全场爆满，美国人一说完，很多人就走了。美国人玩政治，居然也有这么多粉丝。

我们这些画画的人，没有养成开会中途逃跑的习惯，因此大家咬牙一直扛到会议结束，没有一个去喝咖啡的。第一次在联合国开会，最大的遗憾是没有赶上美国与伊朗打嘴仗，没能听听美国代表牛哄哄的发言。

于水　游春图四条屏之一　66cm×33cm　纸本设色　2014年

"废都"游记

上书房见《废都》主人

由画家怀一领队，随十余名艺术家，乘着夜色去见贾平凹先生。来到十二层平凹的家门口，怀一嘱咐："今天都得抽烟，会不会先点上，平凹若见不抽烟的人，就不知说什么了。"

果然，一进门，平凹老师给大伙一一递烟。二刚也装作老烟民的样子，接过一支点上。宁肯自己牺牲一点，也得让大伙多听听平凹老师聊天，毕竟，见一次文学大家不容易。见烟雾起来了，怀一先发话："贾老师最近气色不错呀。"平凹用浓重的陕西话回道："额见这么多人紧张的嘛。"大家笑，气氛一下轻松了许多。他伸出左手说："你看，一星期吊瓶刚打完。"果然手背上有一片红肿。

宾主围桌坐定，怀一介绍说："贾老师是陕西省作协主席，西安市文联主席。"平凹笑笑："那有什么好，额犯错误，检查就要做两次嘛。"怀一"嘿嘿"一笑："这么多年怎么就是不讲普通话？""普通话是普通人讲的嘛，额讲不好。"几句玩笑话又把大家逗乐了，你一言我一语地轻松聊起来。平凹的话不多，但目光很犀利，对视的时候，会有一种被 X 光照透了的感觉。

　　怀一问平凹："给您寄的《藏画导报》能收到吗？""能，这是额唯一从头看到尾的报纸。"对一张报纸的主编来讲，这就是最高的奖赏了。

　　我抽出眼睛，仔细打量了一下贾平凹老师这个工作室。房子不大，是复式结构，一楼是客厅，一张八仙桌，四把条凳，一次接待七八个人比较合适。地下放了很多小脸盆大的石蟾蜍、石狮、石马、石牛、镇墓兽、罗汉大缸等，大多造型粗犷、表情憨厚。只留中间一个小道可以下脚，不小心就会踢到"国宝"。桌上、书架上也都摆满了佛像、坛坛罐罐及各色古董。甚至，通往二楼的梯上，每阶都有两个石狮镇守，宝物多到看不完，恨不能多长出一双眼睛来。

　　书房正面挂着他自己书写的大匾"上书房"，两边是书柜，下方是他的写字桌，有老式画案那么大，上面亦站满了佛像、罗汉、陶俑等，中间一小"坑"，摆着正在抄写中的新作书稿，平凹告诉我们，新书七十万字，每天抄五千字，今年5月就交稿了。我近看了一下稿子，小字待在老式作文纸的格子里，很规矩工整，透着老一代作家对写作的谦卑。大概是第二稿，边改边抄。我好奇地问他："您不再把自己关进农民房里写长篇啦？""现在变成业余的了，会多，事情多，只有挤剩余的时间写。"我坐在他写作的椅子上，感受一下《秦腔》《高兴》那些小说的写作气场，抬头与桌上、书柜上的那些"人、兽、器"对视，啊！定力不够，还真得冒出一身冷汗。只一个神字了得！

平凹带我们上二楼他的画室看画，地上、墙上摆满了他的水墨新作。大家感叹，比我们画画的还勤奋。平凹一高兴，又从库房里抱出一大卷来给我们看。展开一幅云山，怀一夸赞说："水和墨用得好啊。""额就懂干湿浓淡嘛。"又展开一幅松树，二刚表扬说："落笔非常大胆。""无知者无畏嘛。"平凹的谦虚幽默，让人觉得很舒服。平心而论，在作家中，平凹的画已经算很好了，意趣大于技巧，笔墨泼辣生动，且气韵直接汉唐。待大家看完，平凹慢慢将画卷起，脸上带着丰收的喜悦。怀一凑过去说："我粗算了一下，这卷画至少值一千万呢。"

有个朋友眼尖，发现门口地上竖着一幅画，上面画了一把茶壶，壶嘴又直又粗又大，就开玩笑说，"贾老师，您这茶壶是公的吧？""是寻找茶碗的壶！"屋里忽然有了《废都》的气氛。

不觉夜已深了，我们准备告别出门。平凹说："等额一下，额也走。"二刚忙问："你不住在这里吗？""额不敢，到半夜，南方来的军统大柜子会发出咔咔的响声，好像屋里的物件一下子都活了。"

王维变鸟

一进西安，李祖旺就总提及王维、蓝田辋川这几个词。起因是他曾花大钱购买过一幅《辋川图》，经怀一核实，此图应是明万历间摹王维《辋川图》刻石旧拓本。图的内容是王维画自己隐居的辋川别墅。这个别墅最早是大诗人宋之问的，王维买下后，在这里隐居三十余年，写下《辋川集》二十首五言绝句，因此名声大振。别墅就建在秦岭山脉一角，属蓝田县，离西安不远。既然已经到了王维的家门口，那是一定要拜一下的，也顺便圆了祖旺的梦。

贾平凹听说我们要去见王维，笑笑："那里什么都没有了嘛。"话锋一转，"不过你们这帮文人是应该去看看的。"虽然此话对我们打击不小，但大伙还是愿意去感受一下"山中习静观朝槿，松下清斋折露葵"的现场气氛。

车进入秦岭山脉，峰上残雪闪过利剑般银光，有些凄美。

怀一跟统战部的朋友聊天："何不把王维故居恢复起来。""这个创意不错！""是啊，可以仿照《辋川图》建造。""造好后，再请点学者住一住，扮成王维，讲学吟诗。"画家们你一言我一语就议起来。扮王维的学者，最后锁定三人，其一是陈绶祥先生，新文人画的缔造者，外形也靠谱；其二是贾平凹先生，著作等身又兼书画，脸上蓄把胡子就与王维画像十分接近了；其三是二刚，画画兼作诗词，脸上除了加胡子之外，还需要把眼镜换成博士伦。总之，三个人硬件条件都够，各有所长，最终确定仍要投票表决。

正聊得开心，车已停在王维的"家门口"。果然房无一间、亭无一个，只有一株千年银杏树站在寒风里发抖。传说只有它亲眼见过王维，见过辋川别墅。于是，画家们纷纷与王维的见证人——银杏树合影。

这确实是一个依山傍水的风水宝地。可惜川里的水已干涸了。山脚下的一个废弃军工厂在拆迁，工人们用很奇怪的目光在看着我们这群外来人，一听说要找王维，都摇头说不认识。（要认识才见鬼了！）

二刚、祖旺等腿脚快，不大工夫已站在了一个山坡上。坡边有一块半平半斜的山地，大概是王维当年种谷、种菜的自留地。怀一从那里摸出两块石头，说是王维案头供过的，分一块给了二刚。祖旺像上了发条，又向另一山头冲过去，非要找到点王维的蛛丝马迹才肯罢手。我们也跟着爬到了坡顶，王维故居的地势便可看清楚了。银杏树边那一块开阔地是王维接待客人的前庭，绕过小山坡，再往上有一小块临水平地，大概就应是王维"倚杖柴门外，临风听暮蝉"的起居吟诗之地了。

我跟怀一开玩笑："你这个出版人来此，会让王维老师紧张的。你想啊，当年长安城也会有二月书坊这样的书坊、书局，王维名气那么大，编辑们当然会骑马进山来约稿。彼此一见面，编辑很热情：'王维老师呀，李白杜甫他们可都交稿了，这套诗集就等您这本刊刻付梓了。'如果王维刚写到一半，经这么一催，还不急出一头汗来。""嘿嘿。如果我们今天以文人画家的身份见他，他一定会高兴，毕竟是文人画的开山鼻祖。还得请老人家受弟子一拜呢。"

王维晚年不仅吟诗作画，生命更重要的内容是理经佛修。一声阿弥陀佛，穿过千年时空，到我们眼前时，便是辋川的四大皆空，这也许是摩诘师父早已预见到的吧。

与王维神交了一上午的画家们从山坡下来，路过银杏树时，二刚忽然往上一指道："王维在那里！"大家惊抬头，见树顶一鸟巢。也许王维早已转世成鸟儿了，他可以在空中自由飞翔，再不用提防官场的明枪暗箭，不用担心皇上的喜怒无常所带来的砍头之危，不用担心……

羊肉泡，米脂的婆姨

在西安原住民李强和地铁老杨的引领下，我们来到百年老店"老孙家"的二楼雅间，每人点上一碗地道的羊肉泡。饭至半饱，酒至微醺，怀老师指着一服务员道："你看她长得多像唐代仕女呀。"旺老师还跟了一句："也许是米脂的婆姨呢。"说得那圆脸白胖女子，脸一红，头一低，闪到楼下去了。

一提到米脂的婆姨，大家立即来了精神，聊到高兴处，恨不能连夜打车奔向米脂。作家刘老师当即给大家泼了一头冷水："现在米脂哪还有美女呀，就是叫县长把全县人民集合起来，也挑不出一个！米脂的婆姨之所以有名，就是因为有貂蝉。"

吕布戏貂蝉，这一戏可不得了，不仅把一个小女子给弄红了，还把陕西一个普普通通的小县，弄成了全国知名的美女之乡。米脂县的百姓，不仅要为"形象大使"貂蝉女子自豪，而且应该给吕布大爷也上一炷香。

貂蝉太"红"了，且两千多年不衰。中国人民有不知道黄宾虹、齐白石的，但没有不知道貂蝉的。貂蝉到底有多美？因没有影像记载，倒给人留下了无限的想象空间。有一成语叫

"闭月羞花"，就是因她而来。月亮鲜花见她都不好意思，其貌美还有谁能敌呢？一桌人立即进入了审美的想象。

一个画家说，米脂多为银盘大脸式美女。证据有三：其一，出土的唐俑仕女都是那种脸型；其二，杨贵妃们以肥美而名扬天下；其三，以"羊肉泡"这种大补性质的美食为基础，肥美是自然的。从科学角度说，以上论证显然是不扎实的。一桌人都是搞艺术的，自然走了形象思维这个路线。就说唐玄宗吧，仰慕貂蝉之美貌，定会把"星探"一拨一拨地发往米脂，为自己选妃。无论是《虢国夫人游春图》还是《簪花仕女图》，银盘大脸的审美取向是肯定的。后来，何家英画过一幅《米脂的婆姨》，一个身着青花小褂的村姑在做女红，朴素得可爱，仍留有盛唐审美的遗韵。

一方水土，养一方美人。宋代定都洛阳，西安被废，离开了"羊肉泡"，以肥为美的标准也随之改变。银盘大脸的米脂婆姨即使再明眸皓齿玉骨冰肌秀外慧中，恐怕也难以进入当今的选美决赛。我曾在博物馆问一解说女子："你说唐俑胖女那么美，你们何不也多吃几碗羊肉泡，长成那样？"女子笑道："这么胖就嫁不出去了。"

酒酣席散，见那圆脸白胖服务员又闪身过来，脸上挂着桃花色。一顿饭工夫，大概想明白了，说她像唐代仕女、像米脂婆姨，那是画家们的表扬呢。道一声再见，那女子回眸一笑，有点闭月羞花的意思了。

千年老酒是蓝色

在西安博物馆的展柜里，一瓶蓝色液体引起了画家们的兴趣，这是从旁边一个青铜大酒樽里倒出来的汉代白酒。大樽埋在一位帝王墓里两千多年，是大王备在身边半夜醒来自斟自饮的。可惜大王一直没有醒来，一樽酒得以存到了今天。专家把酒送去化验，结果显示，酒精含量低于1度，也就是说根本没有酒味，更可怕的是，铜、汞等重金属含量超标，专家就感叹，幸亏大王没有醒来，若是喝了此酒，恐怕又得死第二回了，而且会死得很难看。

画家大多好酒，总以为酒的年头越久越好，三十年的、五十年的、一百年的，越喝档次越高。听专家这么一说，还真惊出一身冷汗。晚上回到酒店，围桌坐定点酒，服务员问："要十年的还是三十年的？""来瓶两千年的。"服务员瞪大了眼道："没有。""你这是什么酒店呀，档次这么低。行啦，行啦，那就凑合来瓶今年的吧。"

一桌人窃笑。

谁扒光了他们的衣服

在一片开阔的黄土地上，鼓起两个土包，形似国家大剧院，只是个头略小些，这就是汉景帝刘启及其皇后的同茔异穴的合葬墓。夫妻俩既然合葬，却相距几百米"分睡"，有点像欧洲人的夫妻分室分床，是追求时髦，还是另有隐情？

参观景帝墓需要从土包正面的穴道进入地宫，其实不叫地宫，只是为保护文物而修建的地下玻璃房，犹如海底世界，可以透过大玻璃近距离观察墓内的原生态文物。总之是钻进汉景帝的墓里头了，正值隆冬，少有游人，有点阴气袭人。

令人震撼的场面出现了，一坑的陶俑侍卫，统统一丝不挂地列队站着，前面挖出的几个斜着身子，个头大概有半人高，身体塑得很唯美、很简洁，远看若中性，有点像靳卫红画中人物。近观，发现两腿之间都有"挂件"，男的。几百个裸男整齐地站在墓道里，蔚为壮观。是工匠忘记给他们穿衣服？解说女子说："入葬的时候都穿着衣服和盔甲，两千多年的岁月，衣装烂尽就成了这样儿。"

在旁边的展柜里，还有几个裸体仕女武士、两个太监。仕女的身体塑得很美，胸不大，若十四岁少女。太监也是女人般柔美的身体，两腿间居然也有"挂件"，但比武士少了两个蛋蛋。这就奇了，宫廷阉太监，从来都是一刀削平，怎么还会如此留"根"呢，是汉景帝比较慈悲手软，还是弄权太监暗中贿赂工匠，在裆里做了手脚，给入土太监俑弄的形象工程？如果真是裆里空空地面对后人，那就太伤公公们的自尊了。总之，又留下个千古疑团。

秦代的兵马俑及唐代肥美人俑及唐三彩，其人物都是被工匠直接塑成着衣裙或甲胄的样子，也就是说没有先塑裸体再穿衣服这道程序。为何，只有汉武帝他爹刘启打破传统，玩了花样，难道他是个锐意进取、改革创新的帝王？或者，他有自己的小算盘，到了阴间世界，一时兴起，还可以随时脱去宫女的衣服，享享人间欢愉，顺便再检阅一下大内侍卫，欣赏一下肌肉美？或者，他是一个时装爱好者，陪侍们着上五颜六色的衣服，比泥土做的会漂亮很多？再或者……大王不说话，永远也不会知道他是怎么想的。

在冰冷阴暗的墓里，成百上千的男女就那么赤条条地站着，两眼直勾勾地注视着来客。我们不敢跟他们对视，只有碎步快走。李君幽幽地说："曾有一个解说女子，傍晚，游客散尽，最后关灯时，忽然觉得有人拍她肩膀……"直说得我们肩膀发紧脖子发僵，不敢回头。我赶紧拍他肩膀："瞎编呢吧。"旁边的解说女子小声道："是真的。"

千水　游春图四条屏之二　66cm×33cm　纸本设色　2014年

武当记

《道德经》与标准间

下午五点从北京 T3 起飞，两小时后落襄樊机场，再乘中巴一个半小时，晚上十点半到武当山下，住宾馆，准备次日上山写生。我与画家二刚住一标准间，房子硬件一般，但很干净，桌上备有老子《道德经》一部。二刚随手翻之。

"哎哟！"二刚叫起来，"这不是劝我们回去吗，不用上武当山便什么都知道了，还上去看什么呢！""怎么说？"我忙问。于是，二刚朗诵起来："老子曰，不出户，知天下……圣人不行而知，不见而明，不为而成……"老子老师蛮幽默的，我们千辛万苦地到了山下，倒劝我们回去。好在我等还未能修成圣人，普通人、读书人、小人物还是要出户，才能知天下，明天还是可以硬着头皮上山的。

武当山是道教圣地，老子又被推为道教的发起人，因此，在山下宾馆的标准间里增加一部《道德经》硬件配置，大概是地方旅游局的创举，意在宣传道教，开发旅游，为初来乍到者热热身。

没想到老子老师的经里还有对旅游产生副作用的句子（再好的药都有副作用哦），好在，游客中圣人不多，真有几位圣人或大仙到此，晚上失眠睡不着，一读《道德经》，还真就遇上了人生一大难题：上山吧，就丢了圣人的身份；不上山原地返回吧，又浪费了路费和时间。也不知道，此地有没有发生过"圣人"拍案而起，拎着箱子返回去的案例。

在中国宾馆的标准间里，除了免费的牙刷、洗头水，就是有偿使用的方便面、矿泉水和安全套。再增加一部免费阅读的《道德经》，也不知老子老师是否乐意，也不知宣扬传统文化的正作用大还是副作用大？

不能再往下想了，洗洗睡，明天上山。

登金顶

武当山的金顶差不多是我此生登过的最高最险的山峰，香山鬼见愁一比，不过是小儿科！我、陈老师、二刚、乃宙等，靠个人力量登上去的最佳年龄段早已过去了。坐索道吧，这把年纪，不丢人。一叠、两叠、三叠，从索道上来，抬头向上望，"我的妈妈耶！"还有无数级几乎直上直下的台阶，才能到顶。待到达金顶宝殿见到真武大帝他老人家的时候，个个大脑缺氧，脚踏仙云了。

　　导游小妹说：许个愿吧，此处神仙很灵验的。脑中忽然想起亚鸣兄的叮嘱："不可乱许愿，愿是要还的，确定以后能到此一还的再许。"我心里盘算，以我身体老化的速度，不敢太确定以后还能否登上来，愿就不许了吧。

　　待我们倒过气来，再细看这金顶之上的金殿，还着实心里一惊。这是一座铸铜、鎏金、缩小版的故宫太和殿。其保存完好、精美程度不说也罢，就说这么重的一座金房子，将近六百年前的古人是如何肩扛手抬搬上这金顶的？真牛！

　　据说，这跨世纪工程的总工头是明朝皇帝朱棣，他住在紫禁城里遥控指挥，每月发两三道圣旨来（那时没有手机，多麻烦），耗白银不计其数，用民工不计其数，历经数年，最终完成了项目。可惜朱天子一生也从未到此验收过，只依赖画家们的"写生图"，好在那时没有伪劣产品和豆腐渣工程。坐在太和殿上御览，大概哈哈一笑，朱笔画了个圈，项目验收就算通过了。

导游小妹总结说：朱棣皇帝帝位来路不正，只得借大兴道教，稳固帝位江山。道教也借力皇家得以发展壮大，武当山从此成了道教名山。

在北京十三陵山里长眠的朱天子，怎么也没有想到，当年这项只赔不赚饱受争议的国家工程，苦撑到今天才算翻了身，旅游之利滚滚而来，成本早已收回，且惠及千秋万代。

故事听完了，准备下山吧，忽然想起一直未见陈老师的影。"这老汉一定是爬不上来了！"正如此议论着，忽见陈老师的小头热气腾腾地从南路冒了出来。我等赶忙上前轮流表扬，陈老师刚要发表登顶感言，回头一望，又登上来一位老太太，一问年纪八十。佩服得大伙都说不出话来，老太太面不改色，手向后一指："还一位呢，他比我大！"见一白头老汉也登上来了。真是"人比人得死，货比货得扔"啊，我等的英雄气和自豪感顿时荡然无存。啥也别说了，下山吧。

"旺火"谢幕

应大同画院院长怀一邀，正月十五一早，老杨、杨春华一家、吴湘云和书萍，驾车赶往山西大同，去看一种叫"旺火"的民俗。

何为"旺火"，我们这一行中还真没有人见过。于是，一车人开始猜想。老杨的说法最为吸引人，说，先在街上搭一个很高的笼子，把烟花鞭炮统统放进去，由一发射器，像点燃奥运火炬那样，把一火种发过去，然后就从底向上爆炸，火光冲天，炸声如雷，再然后就……一路上，脑子就被这种"原子弹爆炸般"壮观的场面激动着，还私下想，怎么着也得离"炮楼"远点，万一被炸伤，回报社还真不好交代。

晚上八点，当我们一行人站在大同怀仁县的"旺火"跟前时，虽然没有预期的爆炸场面，还是被眼前的景观镇住了！

十字街心，一个由方形煤块拼积木般叠起的宝塔，足有十米高（外形极似苏州虎丘塔），塔体已燃烧得如玛瑙般通红剔透，顶部火苗冲天，人在十米外已烤得浑身发烫。天上一轮明月，地下人山人海，靠近"旺火"人挨人地围着火转圈，让人联想到非洲原始部落围篝火起舞的场面，热烈、混乱，甚至有些刺激。

据称一，"旺火"起源于汉代，当时叫"庭燎"。大户人家在正月十五这天晚上，点燃自己门口的煤堆，街上的人纷纷解开衣襟，挺胸迎着火堆取暖，祈福新年一切红火兴旺。猜想，当年的穷人围在火堆旁，过一个暖和的元宵节会很开心。说不准"庭燎"还有一点慈善的意思呢！今天的"旺火"，已很难见到人们敞怀露点烤火了（个个酒足饭饱，寒气已不再是问题）。

据称二，"旺火"在煤的取材上要求很严，挖出优质大块原煤，去皮（跟阔人吃大白菜似的，只吃心，不要帮），将坚硬的煤心切割成相同的方型，依次编号，再由专业人士搭建而成。因此"旺火"也称"型煤旺火"，透着山西有煤的阔气。

据称三，"旺火"的高度每年递增十厘米，意在年年高。以现在的高度，十米粗算，大概长了近百年。但从汉代计算，至少一千多年，煤堆高度应在百米以上，"旺火"中间缺了近百米高度，原因谁也说不清，大概可归于战乱、自然灾害、朝代更替等吧。或者以前人们没有年年高的传统，到了爱图吉祥的慈禧太后登基，才定了"十厘米"这个规矩，不可查。

据称四，"旺火"的起源是生殖器崇拜（据当地作家王祥夫推测）。以人类发展的历史和"旺火"的外形看，倒还靠谱，一根黑黑的，笔直向上，外加风和月来"惹火"。人们需要这样火旺火旺地传宗接代，延续香火。

另一种猜想是"煤"的崇拜。山西这个地方（犹如海湾国家，打个洞石油就嘟嘟地冒），挖个洞就是煤，就换钱，一个百人小煤窑，年收入三个亿，我们晚报千多人紧忙活一年也不过七个亿流水。人们的福，人们的旺，都来自于煤。崇拜一下，也是应该的。

据称五，"旺火"今年是最后一年。有人说，县政府开了个会，主管领导讲，今年南方遭了大雪灾，人们缺煤受冻，咱县再这样烧煤玩"旺火"，有点不好意思。当然还有安全、环保等问题，"旺火"就从今年禁了吧。大概是"鼓掌通过"。烧了近两千年的"旺火"民俗在公元 2008 年正月十五谢幕了（当然，会不会像禁烟花爆竹一样，开会"禁了"，又开会"放开"，不好说）。

我们一行人，看完"旺火"回来，就暗自得意起来：咱们看到了最后的、最高的、最旺的"旺火"，眼福大大的！老杨补了一句，我们是来参加闭幕式的。（说不定，开幕式是刘邦主持的呢！）

到文徵明家吃茶

"网狮园、狮子林有什么好看的,苏州真正的好园林是艺圃。"油画家虞村边开车边跟我们聊,说美术理论家栗宪庭来艺圃,喜欢得不肯离开。还说,这个小园子原来叫"药圃",是明代大画家文徵明之孙文震孟的宅地。一提文徵明,画家们好像打了鸡血,立即提起了精神。到了苏州,一定要到文前辈家坐坐。

艺圃在苏州古城西北,一个叫"文衙弄"的小巷子里,巷子里胡乱摆放着各种小摊儿,贩夫走卒穿梭其间,车开不进去,虞村只好灭了"君威",停在较远的地方,大伙下车,步行一站余地,来到文前辈家门口。虞村一路解释,正因为小巷子没有被改造成大街,交通不畅阻碍了大批游客,也保护了小园子的清雅。

小园子确实清雅，几乎不见游人，若有个门童或总管引路，还真以为到了明代文家。园子硬件符合苏州园林的基本配置，屋宇、亭台、假山池湖、小桥回廊等错落有致。不同的是它传自明代文人画家，比之盐商大户的园林多了几分沧桑文气，少了几分浮华霸气。

乳鱼亭、响月廊、渡香桥，单是这些名字就足以让人想入非非。进延光阁喝茶应该是游此园的高潮，文前辈不在，虞村只得代主人请我们喝碧螺春，画家北鱼、老杨、雨石、书萍等一一落座，茶杯内碧绿嫩芽慢慢起舞，晴窗外午后斜阳映照秋塘，弥漫出阵阵荷香……若是耳边再飘些哽哽咽咽的苏州评弹，整个人都会"瘫"在文家。而令人意外的是，一种类公鸭的嘎嘎之声吵得人耳鸣心跳。环视左右，有三桌老年妇女（刚退休快被话憋疯了的那种）在旁若无人地用苏州话聊天，内容一句听不懂，发音比日语、英语、德语要放肆生猛许多，总之很刺耳。我忍不住问虞村："苏州人不是吴侬软语吗？"虞村一脸幽默地笑笑："是吴侬软语，但是她们已经变声了。女孩子的时候，谈情说爱用软语，一结婚生子，嗓子就变声，就成这样了。"

难怪文前辈他们当年读书、磨墨、吃茶都用丫鬟打理，老妈子都打入后厨，要整天听这变嗓，还能画出那么好的画吗？茶是吃不下去了，待我们出门，那公鸭嗓还在园中回荡。虞村就感叹，怀一、张铁林、高英柱、秋一他们运气好，昨天下着小雨，园中只他们一桌吃茶，特宁静。

艺圃，只有雨时来，才能避开杂扰，才能接近它的真容。

千水　游春图四条屏之三　66cm×33cm　纸本设色　2014年

"仙女"出没寄畅园

　　曹操这个人就是阴，到了晚上，只给关羽和嫂嫂（刘备妻）开一个房间，"欲乱其君臣之礼"，幸好关羽意志坚强，硬是将房间让给嫂嫂住，自己立于院中，借月光读了一夜的书。曹操一看，计谋失败，又给关羽追加了十个美女，关老爷眼都不抬，又如数将美女送去服侍嫂嫂。一千多年后的今天，我们走进了关羽和嫂嫂发生故事的这个园子，来个现场勘查。

　　据传宋代词人画家苏东坡的妹夫秦观的后裔曾是这个园子的主人。因钦佩关羽的高风亮节，便给园子起名为"秉礼"。

　　"秉礼"是无锡寄畅园中的一个小园子，一泓二泉之水曲曲折折流入园里潭中，南岸由太湖石堆成半片假山，东西北三面环廊相接，正房十扇晴窗落地，夕阳一照，树影摇曳，水光濛濛，暗香浮动，恍如隔世。天色暗了，我问怀一："此园子做二月书坊如何？"怀一推了一下晴窗，幽幽地说："感觉好像有古装仙女出来，把我们往房间里拉，我们不敢进去，还找借口说：'实在太忙，晚上还要编导刊，没有工夫，今天就算了吧。'"说完，他自己先嘿嘿地笑起来。

蒲松龄最善写这类鬼故事，随便一个什么地方的读书相公，天刚擦黑的时刻在某个老园子里，一阵青烟，就飘出来个如花似玉、若狐若仙的小姐，一把把相公拉进房间，那木门嘎的一声关上了……这大致就是中国几千年来文人墨客的一种理想，在落魄的时刻，最好的园林和最漂亮的仙女从天而降。

在"秉礼"这个园中，不仅有关羽的嫂嫂、曹操赠的十个美女，还有几朝几代的小姐丫鬟居于此间。开玩笑说，天一黑都从房间里出来漫步，又巧遇北鱼、老杨、怀一、老高、陈皓、雨石、秋一等文人画家，不由分说，就往屋里拉（大概符合剧情发展），只是个个胆小，像怀一那样找借口推托，死也不进屋，"小姐们"很失望，就会发"今不如昔"之叹。

大概乾隆爷也被小姐丫头们往屋里拉过，于是就龙颜大悦，回紫禁城就复制了一个"秉礼"放在皇家园林，取名为"惠山园"。待天黑再游，恐怕乾隆爷就难遇小姐丫头出没了。毕竟是仿的新园子，神没有跟过来。

一个有"仙女"出没的园子，才称得上是真正的好园子。

初探蒲家庄

中国最早写"鬼故事"的蒲松龄蒲老师家就在淄博,那是咱读书人不能不拜的去处。画展间隙,策展人晓光安排我和爱人书萍去探访蒲家庄的蒲松龄故居。

书萍极为兴奋,其一,她是山东人,老家在莱州;其二,蒲松龄曾在她的祖上毕家当了五十多年的私塾先生,也就是说,蒲老师当年的职业是教她的爷爷、太爷爷们读四书五经的,而写《聊斋》那是业余创作。当年的毕家是旺族,地产论顷算,丫鬟、奶妈不计其数,幸亏赶在1949年新中国成立前破落了,要不,非比刘文彩下场还惨。

有了这一层渊源,书萍还就觉得蒲老师跟自己家亲戚似的,怎么着也是探望故乡人。一进蒲家庄,低矮的土房,街上偶有老妪打毛线闲聊,除了卖可乐的小铺现代点儿,其他还真有百年前的老村味道。我们在街上转了两个弯，走了不到三百米，就进了蒲老师的家院。院子保养得很精心，花、树、石、房错落有致，尤其在院中一株老梨树、一株石榴，果半大，枝低垂，有文气，想当年蒲松龄先生在树下闻着果香写他那"鬼故事"，一定十分畅快。

蒲老师的居室很小、很暗，书桌床榻均很简朴，大部分鬼故事的构思写作就是在这里完成的。想象一下，夜黑风高，昏暗暗的烛光摇曳，窗外狼嚎，一声惨似一声，蒲老师一抬老花眼，还真能见着鬼呢。

院中东西厢房，被文化部门布置了与蒲松龄有关的展览，玻璃柜里是蒲老师的手稿，各种版本的《聊斋》，墙上挂着后人画《聊斋》题材的画，一看就是县级水平，庸而俗。让人意外的是，展品中有近代出版的《聊斋》连环画，其中有一套还是我画的。顿时心生得意，若蒲老师健在，说不定还可套套近乎拜他为师呢。

离开蒲家庄，我心生两愿：一是诚心诚意拜过蒲老师了，也应沾点他的鬼气、灵气、文气，以后说不定就能把文章写好一点（想得美！要这么简单，地球人还不都成作家了）；二是叹后人画《聊斋》画得太烂，回去我要认真画一套《聊斋》组画，以对蒲老师表表敬意。

宋美龄成"压寨夫人"

登上八百八十级台阶，王和平、方骏、傅廷煦、怀一我们五人站在了武夷山最高山头天游峰上，放眼一望，众山小矣。正想请和平吟诗一首，只听有游客高声喊道："同志们好！"声似国庆盛典，大家相视一笑，罢了，权把这当现代诗吧。

山顶上的唯一建筑叫宋美龄舞厅，不知宋美人是怎么想的，把舞厅建在这么高的山顶上，上来跳一次舞多费力呀，老蒋和他的将军们爬上来已腿软，还跳得动吗？原来，我们的担心是多余的，下山之路比较平缓，有滑竿抬着人上下，宋美人和她的舞伴们一定是这样上山跳舞的。

舞厅不大，顶多能容二十人跳，且只能跳"两步"，要是"伦巴"就会发生撞伤事故。如今，舞厅里挤满了游客和售旅游纪念品的柜台。正面墙上挂着蒋介石和宋美龄的油画像，像下面有两把红木椅子，右手椅上坐着宋美龄蜡像，左手椅子空着，供游人坐下与美人拍合影。蜡像做得很逼真，宋美人着一身旗袍，很矜持地坐在那里，比江青还是有魅力有气质得多。

与美人合影一张十元。画家们无意占老蒋的便宜，不拍。管拍照的小伙子霸道得像山大王，不拍合影可以，但厅内一切均不许拍照，拍，就要交十元。有举起相机者，立刻就有卖小商品的女子拿报纸乱扇，表情呈凶相，忽然一下子，舞厅变成了土匪山寨，宋美龄倒成了压寨夫人，终年不休地陪大陆人民拍合影，给山寨赚钱。

若老蒋地下有知，恐怕又要骂"娘西皮"了。

千水　游春图四条屏之四　66cm×33cm　纸本设色　2014年

青州访李清照

一个画画的，一拍桌子一瞪眼，把一个收藏家给送进了大牢。这个离奇的美术事件发生在九百多年前的宋代。画画的那人叫赵佶，江湖上称宋徽宗。那个倒霉的收藏家叫赵明诚，大词人李清照的老公。

按说收藏家是画家的衣食父母，本不应该发生这种反目为仇的事件。可这事儿说来有点话长。赵明诚他爹是朝廷大官，自然逃不了朝廷内部党派之争，也曾得势，风光一时，到了宋徽宗登基，赵氏党派失势，被清查。查到赵家，问题不小。而此时赵明诚的父亲已死，只好让其儿子顶罪入狱。好在赵氏的罪不重，又好在皇帝一心扑在花鸟画上，懒得与赵家较真，一年半载，也就把赵明诚给放了。

赵明诚又回到了青州的家，与望眼欲穿的李清照团聚，过起了收藏家的日子。据青州朋友胡子说，李清照和赵明诚在青州的十七年，是他们一生中最幸福的时光。

踏着残雪，我和二刚、老杨、郭同志、书萍等走进了李清照家的小院。院子里没有游客，十分清冷。灰色的房舍配以朱红的廊柱，"别有一番滋味"。院外右侧是一片湖，已结了厚厚的冰，偶有残荷被"定格"在晶莹的冰中。这大概就是李清照乘舟"误入藕花深处，争渡争渡，惊起一滩鸥鹭"的地方了。

李清照、赵明诚的居室叫"易安居"，大概是后人写的匾，因李清照"易安居士"得名。房子开间不大，北方民居格式，中间是堂屋，左手是书房，右手是卧室，不带卫生间。房间中随便摆了两个旧书架，非宋做，仿得很粗糙。一座真人大小的雕塑，李清照在弹琴，赵明诚站在后面听，现代大理石石刻，大概出自学院本科生之手，新，但还算生动，那恩爱的架势像贾宝玉和林妹妹，很难让人与"这次第，怎一个愁字了得！"挂上钩。

在这间房子里，当年李清照、赵明诚小两口发生的故事已变成了传说。先说李清照吧，每天晚上与赵明诚比背诗、斗酒，而赵明诚总是一个输字，少喝多少老白干！是故意让着娇妻，还是真不如清照聪明，今已无从考。再说赵明诚，沉迷于古董金石收藏，那天，忽见一幅唐人名画，爱不释手，一问价，傻了，根本买不起，李清照看老公可怜巴巴地抓住那画不肯放手，立马把自己的裘皮大衣送进当铺，换了点钱，买了那幅画的一夜观赏权。夫妻二人，把画抱回家，秉烛观看，一夜未眠，仿佛一闭眼就造成经济损失似的。至今，也不知道那幅画是《簪花仕女图》还是《虢国夫人游春图》。

青州人的国学基础和收藏热，大概就是赵哥哥李姐姐开创的。如今的青州，几乎人人都玩字画收藏，从土豆大白菜到汽车房子，都能用字画来换，这在全世界都是独一份。

进入李清照赵明诚的卧房，想象的空间就更大了。一张破架子床，几床破被褥，跟"浓睡不消残酒"的温馨感觉相去甚远，这样的床上怎会有"浓睡"，恐只有"空滴到天明"的失眠罢了。家具弄得太潦草，只好当道具观。

一对小夫妻是怎样的恩爱，怎样地度春宵，有两句春词为证："怕郎猜道，奴面不如花面好，云鬓斜簪，徒要教郎比并看"；"试问卷帘人，却道海棠依旧"。李清照的幸福生活其实也有波澜，问题就出在这个"卷帘人"上。故事是这样的，结婚好几年了，李清照也未能生得一男半女，在古代，这是大不孝的事，赵明诚百般无奈，就又娶了"卷帘人"，道理讲得很明白，就是为了传宗接代，可不是贪图美色，姐姐千万不要吃醋。于是，赵哥哥带着小妾（现在叫"小三"）去外地做官，李姐姐留在青州，虽是知书达理的大家闺秀，难过得还是"怎一个愁字了得"。"卷帘人"也不争气，几年下来还是肚子平平。赵哥哥也明白了，问题八成出在自家身上，谁也怪不得，死了这个心吧，于是又回到李清照身边，恩爱如初。

接下来的故事就比较简单，身为皇帝的赵佶，沉醉于绘画，朝政荒废，金人大举南下，李清照赵明诚被迫南迁，六车家藏古董散尽，赵明诚英年早逝，李清照在"物是人非事事休，欲语泪先流"中眼见着"人比黄花瘦"，眼见着生命在"凄凄惨惨戚戚"之中"憔悴凋零"。

从李清照家出来，我和二刚就感叹，赵明诚这个人，按说也有作为，留下一部《金石考据录》传世。由于这个金石学科比较冷门，后人知之甚少，他就比较吃亏，人们能记住他的，是李清照丈夫这个角色。他的一生好像就为托起李清照而来，博学、好古、收藏、坐牢、无后、短寿，都是成就一代婉约代表女词人的必要硬件，因为那些伟大的诗词和传世名句，李清照大红大紫，而赵明诚粉丝就太少了。如果要给李清照颁发一个最佳女词人奖章，那奖章就应该有赵明诚的一半。当然，赵明诚是不会计较这个的，毕竟，"哥只是一个传说"。

相中范仲淹家后院

　　二刚脚快，一转眼已溜进范仲淹的后院，他好像有重大发现，高声招呼我们过去。

　　范仲淹晚年任青州知府，且时间并不长。一千年之后，他的政绩已经模糊不清了，只给后人留下了一座有井的亭子"范公亭"，一句"先天下之忧而忧，后天下之乐而乐"的千古名言。至于他的办公间兼居室"范公祠"都是后人仿建的。

　　我们循着二刚的喊声，穿过一个月亮门，来到范公家的后院，果然眼前一亮。院子不大，地势比前院高了丈余。院中虽然枯草萋萋，房子年久失修，但冬日的阳光照过来，感觉暖暖的，最让人喜爱的是院旁的一架古藤和南墙根的竹林。我们在古藤下的石桌旁坐定。整个小院非常宁静，掉一根松针都可以听到，像个"世外桃源"，又仿佛回到了遥远的宋代。与崭新整洁的前庭相比，这里好像离范公更近一些。

二刚指着一排北房感叹："要是能在这里住上一段时间，画画写字，该多好！""没问题，找人把院子收拾一下，明年你们就可以来画画了。"陪我们来的高先生很有把握地许诺。二刚喜欢范仲淹，一听明年就入住范公后院，立刻笑开了花。

从范公家出来，我们来到对面居住的王老先生家喝茶。王老是前任青州政协领导，现退休在家写字画画。一杯台湾冻顶喝下去，主客聊起范家后院的事。王先生就语重心长地鼓励二刚说："像你这样知名的画家，不能只考虑自己画画这点事儿，住范公后院也志向太小了。应放眼未来，造个名园传世，像网狮园、拙政园那种，留给后人一份文化遗产。"王老谈得很严肃，很激昂，有点"先天下之忧而忧"的架势，二刚听得很认真，不时郑重地点头，两人都不像是在开玩笑。

当下中国，个人造个园子传世，恐怕没有那么简单，先是要求爷爷告奶奶地找政府批块地，再求爷爷告奶奶地找大老板化缘，其间还不知要送多少礼多少画。以我对二刚的了解，恐怕项目还未启动他就先烦了，就会关机逃掉。二刚的口头禅："怕烦，怕烦。"

中国的传世名园，大致是两类人所建，比如圆明园、颐和园、北海等等，都是"政府"行为，皇上有国库的钥匙，银子充足，盖得就比较气派。而像网狮园、个园、乔家大院、王家大院均为盐商、晋商的杰作，富可敌国，园子造得就比较考究。当然还有一些皇亲国戚贪官污吏造的园子，也还说得过去。

画家造园子传世的不多，大概石涛八大算是特例。二刚说，八大的"青云谱"很雅致，应算是画家造园之极品了。石涛的"片石山房"我去过，虽然假山亭台湖鱼可人，但依附在盐商之何园的东南角，只是个名园的附件罢了。画家靠卖画的那点"润笔"，要造名园传世，恐怕只是个笑谈。好在画家是用作品传世的，比如顾恺之有《洛神赋》、周昉有《簪花仕女图》、范宽有《溪山行旅图》传世，缺了传世名园，后人也不会怪罪他们。若如石涛八大，又有名画又有名园，那就太两全其美了。

可能是受到石涛八大的启发，也可能是传世意识的觉醒，我们身边的很多画家开始造园子，他们排除万烦，"后天下之乐而乐"，励精图治，或造园于山顶或建堂于湖畔，总之，一场造园运动正在悄然复兴。我和二刚暗自担心，国家的土地只给七十年的使用权，大限一到，民工只消在园子的墙上画个圆圈，在圈中写一拆字，推土机开过来，不用几个时辰，就"白茫茫大地真干净了"。当然政府也不傻，不会一刀切，真出现石涛、八大级别的画家，那园子是不会一"拆"了之。

我劝二刚，也许那政协王老说得对，你这级别的画家也该考虑建个"青云谱"传世了。二刚笑笑："还是先计划一下明年到范公后院住住画画的事吧。"

"枪毙"猪头肉

　　戊子春节前夕，一个几十年如一日狂爱猪头肉的兄弟，在宜兴紫砂壶作坊，轰然倒地（伟人总是倒在工作台边上）。大夫的诊断结果出来，心脑血管同时崩盘（栓塞），一下打进三个支架未醒，大夫说后果很严重：智慧归零，意识归零，右半身神经归零。这个命苦的兄弟叫朱新建，是个画画的。

　　一定要追查元凶！平地冒出五六个专家，迅速调查、取证、分析，得出结论：杀手叫猪头肉！貌似敦厚的猪头肉，以其色香味诱惑了新建兄弟，导致其偏执狂吃，甚至排斥其他美食。其深藏不露的胆固醇，以鬼子悄悄进村的方式，最终导致血栓形成，击倒了新建兄弟。

　　朱太太陆逸愤怒了，新建的铁杆兄弟愤怒了！连夜将猪头肉扭送公安局，先实施"双规"，最后公审枪毙！

新建兄弟对外面的情况全然不知，身上插着各种管子躺在重症室里过着"植物生活"，一副参破功利参破生死的表情。大夫们轮番劝陆逸想开点儿。

春节一过，局面发生了出人意料的变化。

从二刚、怀一兄弟的手机，不停传来新建兄弟的好消息：能睁眼认出女儿朱朱了，能用力握陆逸的手了，能用眼神递话了。过了一段时间，好消息的分量加重了：可以坐起来喝粥了，可以用左手画画了，可以与怀一通电话了，可以扶着人走路了……

恢复得如此神速，惊呆了大夫，于是专家们又开始调查、取证、分析，得出结论：最大功臣是猪头肉！

猪头肉几十年如一日地默默奉献着蛋白质、矿物质、钙、脂肪等，造就了新建兄弟超强的心脏、肺、肝、胆和"下水"、强壮的体格和粗壮的血管，这些优质的零部件在医药的帮助下，很快化掉了血栓，在摔倒的地方顽强地爬了起来。

陆逸乐了，新建的兄弟们乐了，一拍脑门才想起猪头肉还在局子里，赶快捞出来吧。幸好死刑还在核准过程中，要不这会儿，猪头肉都上了刑场，成了第二个窦娥！

猪头肉制造了"血案"，猪头肉又戴罪立了功，事情不能不明不白的，作个结论吧：猪头肉虽然有立功表现，但给新建兄弟造成了痛苦和经济损失是不争的事实，一百多万医疗费砸进去了，右半身随便不随便还很难说，一个很伟大的画家改左手画画了……总而言之，过还是大于功，暂定三七开吧。

终审：撤销枪毙判决，挂牌在社区劳动改造，从此不准再入朱家门。

于水　如梦令　33cm×33cm　纸本设色　2014 年

朝圣大红袍

毛泽东第一次见尼克松时，送给他一包四两的大红袍岩茶，并在包装纸上亲笔写了"大红袍"三个字。尼克松接过一看，就送这么点茶叶，问道："中国盛产茶叶，这也太小气了吧？"周恩来马上解释："大红袍是中国的茶王，一年也只生产八两茶，这四两已经是送您半壁江山了。"

大红袍传奇有 N 种版本，这是其中之一，听上去还基本靠谱。再往远点扯，故事是这样的：一个秀才要赶考，路过武夷山，累昏倒在路边，生命垂危的千钧一发之际，过来一个老和尚，只见他在大红泡茶树上采了些叶子，研磨成糊状，给秀才灌下去，秀才奇迹般醒过来，精神百倍地赴京赶考。接下来，当然是中了状元知恩图报，返回到武夷山，老和尚已不知去向，而那几株茶树依然在岩上，状元脱下自己的大红袍，给那救命茶树披上，此茶树因此得名大红袍，根据大红袍的年份推算，这应该明朝的事儿。

早就听说，大红袍有武警日夜站岗，跟守卫中南海似的，天下之树还没有第二棵享受如此厚待，称王、称神、称帝，都不过分。喝了半辈子茶，还没有朝圣过大红袍这位王、这位神，算是不小的遗憾。这次搭和平先生的福州画院三十周年之机缘，方骏、老杨、怀一、廷煦我们几人终于来到了大红袍的脚下。

大红袍生长在岩石上，大概离地面三十米，人很难爬上去。远看就是很普通的五六丛灌木，并无帝王之相。据说早年没有进山的路，要步行四个小时的山路才能到此。光照、空气、水质、岩石结构、温度等等都是上天赐予的"独一"条件，换句话说，这几株茶树就是上帝亲手所栽。

在大红袍的岩石下面有一茶棚，围桌坐定，和平请我们喝一泡大红袍。茶女朴素和善，边泡茶边跟我们聊，她解释说，今天所泡的大红袍，并非山上那树的茶，而是它脚下这些茶树上所采，这些树被称为小红袍，属大红袍的子孙，这些茶统称为大红袍。山上那几株大红袍太珍贵了，2004年省里开会决定停止采摘，并给树上了一亿元的保险。武警从此撤下来，中南海每年也不再等这八两茶了。

望着岩上大红袍，五年未曾采摘修剪，有些粗头乱服，但仍不失帝王之相。喝着杯中的"小红袍"，我们几个画文人画的，在阵阵茶香中欲醉欲仙。怀一笑道，陆羽茶圣再牛，也没喝过大红袍吧。

　　大红袍万岁！万岁！万万岁！

小雅的心，大俗的肠胃

"六点：入宫轻食"，古典南音乐舞戏《洛神赋》的请贴上这六个小字，让三百多观众几乎空腹。天将擦黑时分，从神武门入宫，在侍者的引领下直抵紫禁城的皇极殿，舞台不大，有点微缩古罗马角斗场的格局。明黄的坐垫，摆成八卦阵。天黑下来，大殿呈焦墨色，古松如写意画，当空一轮明月，空气湿而凉，有一种"宫深神出没"的味道。

据透露，来自台湾这部戏节奏极慢，大雅。

演出七点开始，观众端坐在圆垫上，肠胃到了饭点，开始咕噜起来，惦记起那"入宫"后的"轻食"。同来的几个朋友便轻声议论起来，小强说，轻食就是慈禧太后常吃的，小窝头、豌豆黄之类的宫中点心吧。于是大家的胃就向老佛爷这个方向开去。

过了一会儿，仍不见侍者奉"轻食"，李老师道，我刚才闻到火腿肠味了，这"轻食"可能是牛肉汉堡或热狗类的西食吧。众人一嗅，果然有味飘来，兴奋得眼睛都放绿光了。

离开演还有十分钟了，"轻食"仍在讨论阶段。观众还抱着最后的希望，四下张望，看看有没有侍者准备食品的迹象。后排座儿上的姐姐实在扛不住了，开始吃自带的饼干，香味弥漫开来，使我等越发饥饿难耐。毕老师说，"轻食"可能在这里当动词用，就是自带些吃的，轻轻地吃，别"吧唧吧唧"弄出声来。后悔自己没有预先带一些来。

在肠胃对"轻食"的期待中，演出开始了。高古的琴箫声中着装高古的舞者，用近乎挪移的节奏演绎曹植老师原创的《洛神赋》故事，脚下洛河之水一波推着一波（多媒体技术），鼓点时急时缓，时空跨越千年，仿佛再现"顾恺之的洛神赋图卷"，如梦如幻。雅，真是大雅！可惜，肠胃作梗，拖累了一颗心进入大雅。

中场"间歇"及"茶叙"彻底粉碎了观众对"轻食"的期盼。外院的几大缸凉茶，来自台湾的高山乌龙清香淡雅，可惜，在这秋凉蚀骨的深宫，外加饥饿的肠胃，一杯喝下去，更像是手术前的清肠。未等下半场开始，有一半的观众大概奔篦街消夜去了。

抱定"雅到底"的决心，我们咬牙回到座位上。说也怪，大概有点像长跑运动员过了疲劳期吧，忽然不觉得饿了，而有一种欲神欲仙的感觉。有调无词的南音吟唱越发好听起来，洛神"飘移"式曼舞，细节开始妩媚动人，玉颈、小腰、纤指，每一舞动都扣人心弦：收，若含羞草动；放，若兰花开。一种"窈窕淑女"被演绎得凄美绝伦……

忽然，觉得自己就是曹植，对那慢慢逝去的洛神充满欣赏与怜惜，欲哭、欲死……心刚刚到达小雅，肠胃的庸俗劲又上来了。

恍惚间，觉得自己是乾隆皇上，王贵妃、李贵妃、孙太监、满大人、托尼使节都陪着看大戏，左右一张望，宫女都哪去了，怎么还不上道燕窝粥呢！……

饿得出现幻觉了吧。猜想当年曹植老师在洛水河边久久凝神，大概也空腹，大概也出现了幻觉，迷迷糊糊地看见了洛神，于是，把隐在心里对宓妃的爱情写成了千古流传的《洛神赋》。

我忽然领悟《洛神赋》导演的一片苦心了，"轻食"被不经意地"忘记"，客观上起到了"清肠"的作用，肉身与心俱雅才不辜负洛神的大雅，若是观众吃了一肚子猪头肉、猪大肠，打着饱嗝看《洛神赋》，还大雅得起来吗。

至午夜"赋归、谢幕"。出宫，赶紧让肠胃还俗。

鬼故事爷韩羽

韩羽的鬼故事，开场白通常是这样的："说有鬼，谁信呀，可有些事还真不好解释。"于是，一个个鬼故事就这样展开来……

近日，韩羽在二月书坊校对他的《韩羽文集》。晚饭一锅卤煮火烧，二两小白下肚，脸微红，头顶放光，一支烟点上，鬼故事开讲。"晓晔把灯拉了，"屋内伸手不见五指，主讲表情动作出不来，"还是开个阳台小灯吧。"一群人围坐着，影影绰绰，在"似与不似之间"，刚刚好。大家定睛打量韩羽，"鼻子一无可取，嘴巴稀松平常，只有脑门胆大，敢与日月争光（方成描述韩羽，真准）"。尽管气氛诡异，但大家没一个害怕的，反而想笑。老季、怀一、晓晔等属于基本听众（条件是听过三遍以上），我、二刚、老左、郭同志、书萍是流水听众，大概排到一千零一拨了。

　　年近八旬的韩羽经历丰富，旧社会、新社会、斗地主、"四清""反右""文革"、下乡等，虽没见过鬼，却被鬼故事吓着过，因此，讲起鬼来，就特别投入，特别生动。如果你质疑或插话，会被立即制止："你别说，听我说。"那架势，很像一位北京爷们儿。

　　韩羽嘴里的鬼大都幽幽的、若隐若现的，大鬼小鬼统统都操山东口音（这些鬼大概都是蒲松龄的老乡吧）。鬼们也不吃人，也不放火，也不抢粮食，更不变毒蛇猛兽。因此，不用设"少儿不宜"。讲法有点像马三立说相声，语调飘忽，略带戏腔，娓娓道来，一会儿甩一个包袱，听的人常能笑出眼泪来。迄今为止，还未有一例因听韩羽讲鬼故事而进精神病院的报告。

　　古往今来，讲鬼故事多为吓唬听者，而韩羽却开创了娱乐听者、吓唬自己的先河。往往听的人开心得不得了，什么抑郁症、更年期都治好了（尤其是他的老伴，年近七旬却面若桃花，风韵不减当年，大概，一辈子的鬼故事都化作长生不老仙丹了）。而韩羽自己却被鬼故事吓得一激灵一激灵的，您不信吧，有例为证：

　　例证一，韩羽与一群画家朋友出差到南京，讲鬼故事至午夜，听者一个个倒下睡去，韩羽一看四面呼噜，夜黑风高，愣是不敢回自己的单间，挤在大伙的集体房间睡了一夜。

例证二，韩羽每夜睡前有个习惯，将家门重锁三遍。打开锁上，锁上打开，如此往复，鬼使神差，最后，往往门是开着的。老伴烦了，一日隐在门边黑处抓现行。等至午夜，只见黑影一闪，只穿内裤的韩羽先生直奔大门而来，"半夜不睡觉，干什么呢？"老伴一声喝，韩羽忙扶住椅子，立即来了个脑筋急转弯，回道："没干啥，就想摸摸椅子。"悻悻地回被窝去了。总怀疑门没锁好，你说是让鬼故事吓的吧，老人家还未必承认，只能归为"真不好解释"。

中国善讲鬼故事且有书卷气的只有两个人，一位是蒲松龄蒲老师，另一位就是韩羽韩爷。但他们的表现方式却不同，蒲松龄写《聊斋》着力在"成教化，助人伦"；韩羽则看重讲故事的快感和"不可解释"的玄妙。韩羽早年曾与方成等漫画家在山东参加全国美代会，中间溜出来，去看蒲松龄故居。韩羽说，到了那故居，觉得随时都会出现《聊斋》里的狐仙儿，背上直冒凉气。韩羽家我拜访过，老伴温和善谈，书屋呈国学大师貌，并无鬼气。只是画案案面松动，午夜著书画画，稍不小心顶一下，案面往前一走，后脊梁也会冒凉气。

韩羽庄上论剑

　　店小二一声吆喝："客官楼上坐。"仿佛真的进了《水浒》中孙二娘的酒馆。这是石家庄"庄主"崔海、海宽特意安排的一餐特色年饭。

　　踏着嘎嘎响的木梯，我们一票人拥着韩羽韩爷上了二楼。酒馆装修得像武打电视剧里的场景，木板墙上挂着"华山派""嵩山派"的小牌子，还有一幅"五毒派"打斗场面的国画。北向竹栅墙下几张八仙桌，数条长凳，一律柴木粗做。桌上主位前刻有"掌门人"三字。我等赶紧把韩羽扶上正座，无论文章、书法、国画、武功，这个"掌门人"，韩爷当之无愧。接下来，北鱼、我、海宽、怀一、崔海等围着韩"掌门"依次坐定。每人脸上比平日多出几分豪气，腰杆也挺直了许多（凳子没靠背，想不坐直都不行），好像一下子气冲丹田。

一壶粗茶蹾到桌上，海宽大声道："拿菜单来！"见一女"小二"闪身过来，抬头挺胸，一叉腰高声道："本店概无菜单，上什么吃什么，大鱼大肉管够。"怀一接茬："那就先上一碗大肉吧！"崔海提高嗓门："人肉包子就别上了。"女"小二"也不含糊，转身向厨房喊："人肉包子就别上了！"一桌人哄笑。女孩子装侠客，多少有点二百五，气氛就不太严肃，就比较容易笑场。

一巡酒过，我问韩掌门儿时可曾练过武功。老爷子一听来了神："十岁那年，最羡慕能旱地拔葱飞檐走壁空中飞行的那种功夫。"当时，恰遇一练武师兄，传真经给韩羽，练习要以腿不打弯向上跳跃开始。于是小韩羽便冬练三九，夏练三伏，不停地向上蹿跳。腿不让打弯，谁能跳得起来？于是，身子一挺一挺的，动作就很难看，老父亲实在看不过去，骂道："诈尸呢！"就这败兴的三个字，断送了一代武林高手的美好前程。

我不甘心地追问："您真的没学成一点儿武功，哪怕用筷子夹住苍蝇之类的？"韩"掌门"笑着摇头，手握筷子，夹了块肉，送入口中。

既然如此，剑就不论了。老爷子开始论电视剧、论漫画、论戏曲、论写作、论书法、论中国画……论得是深入浅出，语精言妙，"剑法"精湛，招招中的……直论得是天昏地暗，听得我们是瞠目结舌，茅塞顿开。一夜之间，好像上了一个层次。此"掌门"，果然不是浪得虚名！

酒过三巡，大碗的江湖菜已摆了一桌子，菜量大，味道正，众人就羡慕起武松、李逵、林冲他们当年的好口福。但他们也有烦恼，往往吃到一半，酒馆就会出状况，几个带剑高手就会动起手来，先是酒杯、筷子飞来飞去，最后就是掀翻酒桌砸烂板凳，人从窗户飞进飞出……借着醉眼，我四下张望，楼上就我们一桌，并无戴斗笠或面纱的剑客，看来今夜，韩"掌门"就是有武功也派不上用场。

酒足饭饱，出了"江湖"，一阵凉风吹来，酒半醒。我们又暗自庆幸起来，幸亏那"诈尸"的一声断喝，才避免了韩羽误入武林，才使河北有了一代散文、书画大家，才使我们这帮画文人画的今晚拥有了一位顶尖的"掌门人"。

沪上拜见贺友直

　　大概是 1995 年吧，我们参加在上海美术馆举办的新文人画年展，展览间隙，朱新建提议，咱们去看看贺友直吧。其时，贺友直已辞去中央美院教授回上海居住。我、朱新建、刘二刚、李老十等欣然前往。他家住在什么弄什么巷已经记不清了，只记得老人家到巷口接我们，七拐八拐，走了好一会儿才到他家。

　　典型的老上海拥挤的小弄堂，典型的木制小阁楼，他的画室兼卧室兼客厅设在二楼，很窄的扶梯爬上去，几个人围在他的画案旁坐定。地方很局促，与邻居只一板相隔，说话不能太大嗓门，走路脚要轻拿轻放，让人想起老上海的地下党。画案上摆着正画到一半的连环画稿，墨迹未干。屋中家什井然，一尘不染，透出上海本土人的洁好与精致。

落座开聊，话题离不开连环画。贺友直先是对我们的展览大加表扬，说自己也想转画中国画，又叹年龄大了，恐怕转不动了。我们赶紧说些安慰他的话："连环画这杆大旗，您不扛谁扛呀，就好比梅派传人梅葆玖要改唱流行歌曲，恐怕全国人民都不答应。"一句话把老人逗乐了。

贺友直告诉我们，上海博物馆已给他专设了个人连环画收藏室，他那些连环画原稿有了归宿。我们为他高兴，在中国能获此待遇的连环画家只他一人而已，用现在的说法叫国宝级、熊猫级待遇。

20世纪80-90年代的十年间，连环画在中国创造了一次"文艺复兴"，贺友直就是"复兴"中的达·芬奇、米开朗琪罗。贺友直不仅留下了不朽的《山乡巨变》《李双双》《白光》，他还创造了三个传奇：

传奇一，老人家文凭没过小学，却被教育部破格批进中央美院做教授，并创立了连环画专业。要搁今天，没有研究生文凭，当个助教都没门，当时的教育部还真是开明。

传奇二，老人家讲课，美院"万人空巷"，窗户上爬满了听课的人，教授和美协官员都混迹于听课队伍，这个记录至今未破。

传奇三，老人家只身出访欧洲，一句英语不会，凭借画连环画示意图凯旋，不但没给咱中国抹黑，还让老外大开了眼界。

聊到这些让人高兴的事，老人家眼睛亮亮的，不觉已过了大半天。走的时候，贺友直把我们送到巷口，看着他那渐渐模糊的孤单身影，让人心生感叹：连环画的大潮已经退去，老人家还在坚守着连环画的最后一块阵地，有些伟大，也有些凄楚。

连环画成就了贺友直，也留住了贺友直。

于水　金瓶梅人物——潘金莲　33cm×33cm　纸本设色　2014 年

风流一支笔

新建与女人

二十年前，朱新建画的小脚女人图往中国美术馆的展厅一挂，立即引来老一辈无产阶级艺术家的集体愤怒，拐杖把美术馆的地板戳得山响。这种剧烈如地震般反应主要来自两个方面，其一，朱新建胆敢把女人画得如此媚惑与性感，"玷污"了国家美术馆的圣洁；其二，朱新建居然以涂鸦式的笔法去画高雅的中国画，"亵渎"中国画笔墨精神。可老同志们万万没想到，因为他们历史性的一次吹胡子瞪眼，竟使朱新建一炮走红，"小脚女人"成了他的"招牌菜"，"打遍天下无敌手"成了他的笔墨口头禅。

二十年后，新建笔下的女人已从小脚女人换成了都市女孩，以性感、妖媚、慵懒的图式赢得了无数"粉丝"；那自由、真诚、直抒性情的笔墨，不仅影响了中国画的发展，而且成了笔墨武林中的一派独门剑法。

当我们还傻傻的不解风情时，朱新建就参透了女人（女人心，海底针，想把握多难啊）。那时候，李老十还在世，新文人画的一帮朋友常在南小街一家的小馆子里聚餐，有陈绶祥、边平山、陈平、田黎明、王和平、刘二刚等。每次吃饭，只要有漂亮的女孩在座，新建就话密（平时就爱说），而且话中凡比喻漂亮、美好的事物都拿那女孩儿打比方，不经意间的表扬藏在话题里每两分钟送过去一次。女人这种"听觉动物"，哪里抵挡得住？饭饱席散之时，往往那女孩就跟着新建走了。我等，如同看琼瑶阿姨的电视剧，心里戚戚，自卑感顿生。

最近，美国人要在国贸那儿开班，男人班是教怎样懂女人，朱新建够得上当教授，甚至可以当教父。

男人，有的一辈子都驾驭不好一个女人，三日一小打，五日一大闹，害得我辈常常这家那家地劝架。有的拈花惹草，闹出事来被女人追得东躲西藏，就真有女人提了刀子要阉了某某的。而朱新建阅人无数，身边总有女孩子围着，至今也未听说哪个女人要跟他玩命的，甚至，前妻、前前妻可以跟"小财迷"（朱新建现任老婆的昵称）一桌上喝咖啡，前妻的老公跟新建好得跟兄弟一般。我问他有何绝技，他给我说了个故事。

那是朱新建刚从法国回来，住在五洲大酒店，一个女研究生到房间来找他玩，跟他聊理想，说报负，话语间把朱新建作为丈夫的假想人，至深夜，不走。二人只得洗澡上床，新建并不想日后娶她过日子，于是，睡觉各占一边，一夜什么事都没发生，至天明散去。我赞叹，坐怀不乱嘛！新建笑道，人家就是要婚姻，你既不能给，就不能动，否则伤到她，自然不好收场。朱新建从心里对女人的一份慈悲与安置，不仅把持了做男人的优雅，也使他的风流葆有格调。

朱新建把"风流"和"流氓"分得很清。他戏称自己"装流氓"，当年王朔也自称"我是流氓我怕谁"。自古"风流才子"这个词是当奖励用的，比如唐伯虎，那点秋香的风流，受到后人的爱戴与传颂，而"流氓才子"就很难听了。敢把自己称"流氓"的人，大多是在文化艺术上有反叛色彩，真流氓都把自己伪装成好人，就像傻子总说自己聪明，酒鬼总不承认自己喝醉一样。

朱新建并没有汤姆·克鲁斯、金城武那酷帅的容貌，若用李老十的形容就更惨："一脸的乱七八糟。"走在街上常被人当作清洁工。可你不服不行，就这外形不但没有吓跑女孩子，反而她们更愿亲近他。他的画室总有不少女孩子泡在那里，或在那里看书梳头，或穿个比基尼走来走去，新建就会一支毛笔不停地画她们，录音机里飘着"我很丑，可是我很温柔……"

朱新建读书破万卷，常挂在嘴边的是《金刚经》《五灯会元》，能够把庞杂的学问与生死、绘画完全打通，达到由知变识的境界。新建善言说，跟他聊天，你都不用开口，绝对压倒性谈话，且极有趣味。有一次在南京办展，我与他乘机返京，飞机晚点八小时，只能待在机场，他怕我无聊，就给我讲故事，不时把我的名字安进《聊斋》故事里当书生什么的，让你听得高兴又上瘾，直到飞机起飞。当时我暗自寻思，这样的江南才子，对朋友是这样的深情与关照，做女人想不喜欢他都难。女人的心，也许最需要的就是这种暗藏文化的语言按摩吧。

在画画的朋友圈中，新建是唯一能够挥金如土的人。在法国卖了点画，回北京直接住进五洲大酒店，快活得像个神仙。半年后，钱花光了，就租个居民楼住下来，照样快活得像个神仙。记得一次在上海跟他逛街，说想喝杯咖啡，饭店就在马路对面，他也要打个黄包车，给人家三十元也不讨价。听说最近他更"奢靡"了，出门在外，袜子和底裤每天一件，穿完就扔。如果按照有些画家地主般的生活方式，新建已经可买别墅好几栋了。但是，正因为他的挥金如土，才有了李白"千金散尽还复来"的气质，才有丰盛的女人缘，才有神仙般的生活和无挂碍的笔墨。

新建在北京住的那阵子，常带儿子朱砂到我家玩，我们看他一个人带着孩子挺不容易的，就四处张罗给他介绍对象，一会儿说要给他介绍大明星巩俐，他便高兴地一直跟你讲和巩俐成家的好处，又把她演的电影细评了一番，跟真的似的；一会儿我们又说给他介绍个小保姆，他也高兴地跟你说美国大片中类似的情节，如何如何比娶一个名女人得到的内在幸福更大些。就这样天上地下地说，他也不恼，最后啥也没说成。其实，像新建这样的男人，根本用不上"媒婆"。

后来，朱新建终于娶了苏州美女陆逸。那天，新建又来我家，悄声对我说，哥们儿最近私奔了一把，更吓人的是她还不到十八岁！女孩子家里极力反对，陆逸又很坚决，于是两人私奔到北京良乡。后来的棘手问题，新建都如同烹小鲜般处理完毕，一家人喜盈盈地生活在一起。再后来，陆逸又给新建生了一个如花似玉的千金，新建喜欢得不行了，别人想要张照片都难！

这几年，新建停止了四处漫游，扎根南京，买了房，进了画院，成了一个有单位的人。一个不羁的风流才子进入了一种寻常的生活状态。再看到他时，我也吃了一惊，昔日的"一脸乱七八糟"竟换成了一个罗汉相，笑眯眯的，若赶上把假牙摘下，更慈眉善目。这使我坚信了人的相貌可以自修的道理。

大观园的女儿们成就了曹雪芹，曹雪芹又通过一部不朽的《红楼梦》为女儿们立碑；现代都市的女孩们也成就了朱新建，朱新建又用一支风流笔画出美人不灭的桃花色。

又见朱新建

好几年未与朱新建会面了，这天下午，怀一电话里讲，朱新建携"小财迷"陆逸到京，下午在亚运村的咖啡馆与山西大学一教授对话，话题为关于中国古代绘画及该时代的思想文化政治背景，还要谈宋代、元代，涉及宋人花鸟、元代赵孟頫、徐渭、法常等画家，思想涉及朱熹的"治国平天下"等等。怀一叫我过去听听。

在座的有子游、怀一、孔戈野、李文亮等人。朱新建这两年外形变化较大（体重跟国民总收入似的翻了一番），李老十当年形容的"一脸乱七八糟"已然消失，因为胖，脸圆了许多，话锋依然很健，思想依然敏锐、活跃，并未像他自称的那样"老年痴呆"。

新建的太太陆逸依然年轻单纯，过去新建叫她"小财迷"，现在买了别墅，钱多了，钱不再重要（在楼下买书，竟忘记找零就走了），"小财迷"这词彻底废了。于是改名叫"饲养员"，被提拔为照顾新建和他们女儿的衣食住行的行政要员。晚上回到酒店，陆逸马上拿出几粒胶囊，让新建按时服下，一副尽职尽责的样子。昔日"散养、放养"的神仙新建，终于被"招安"为"圈养动物"。有了"饲养员"，新建的生活走上了正道。

新建出走记

"除了要吃饭，其他都跟神仙一样斋"——牛，真牛！中国画坛，除了天才朱新建，谁敢用这样的斋号！话说那几日，朱新建与老婆"小财迷"（新建对她的爱称）闹了点别扭，于是决定离家出走。

一天，新建趁"小财迷"不在家，租了一辆面包车，抱上女儿，带上两个保姆及家什，悄悄地出城，一路南下，开向湖州。一车老小，赶到朋友老费家落脚。

再话说那"小财迷"，天资聪慧，绝不是等闲之辈。回家一看，人去楼空，心知不妙，一瓶可乐下肚定定神便有了主意（新建这辈子最爱可乐），只三五个电话便查到老公下落（怪不得，国民党当年就爱用女特务呢）。老费这厢安置新建一行还未坐稳，"小财迷"已然站在门口，得意地微笑（神仙也有失算的时候啊）！夫妻吵架本无大事，老费一劝也就好了。

第二天，一家人高高兴兴上了面包车，老费送至门口，嘱咐，回去路上有好多景点，是一定要看的。新建回头一笑："唉！一次挺好的离家出走，最后变成了全家旅游！"

这年头，神仙也不好当，除了要吃饭，还有一些别的事要做呢！

新建"嗜"猪

一踏上泰国的土地，朱新建嘴里就没完没了地念叨"猪头肉"这三个字，弄得一团的画家都对猪头肉产生了好感。

芭堤亚的海滩大排档、华人商会的高级餐厅、动物乐园的野味餐馆，均以海鲜、鳄鱼肉待客，新建边啃着螃蟹边念叨，这不是山东县级餐厅水平吗？没有猪头肉，一点都不上档次。同桌吃饭的理论家邵大箴先生很认真地问道，猪头肉真的那么好吃吗？一桌人笑。

曼谷有个景点，是政府花大钱在半片山上，用纯金勾画了一巨幅佛像。旅行车刚停稳，画家们便急急下车拍照。片刻，朱新建返回车里，手中举着一大块烤猪肉，肥，且吱吱冒油。新建从包里找出假牙装上，大嚼起来，一车人看得目瞪口呆。

下午，又去了一个景点，返回时，新建问我，还经过那个大佛吗？我以为他来时光顾吃猪肉，没顾上拍照，想补一下。他说不是为这个，那个摊子的烤猪肉真香，还想再来一块。他说这话时，口水都快流出来了。可惜，车走了另一条路返回，误了新建一块肥猪肉。

回到北京那天，怀一请客，让朱新建点菜。新建把菜谱往边上一放，点上一支烟，跟服务员说，把你们店里带猪字的菜都给上来。服务员惊异得眼球都快爆出来了："一百多道呢，您吃得了吗？"

到了晚上，新建又饿了。怀一说，我去买两斤猪头肉吧。新建点头，并嘱咐道：要三斤。

据可靠消息称，朱新建应央视之邀正在准备上《百家讲坛》，要讲的题目是《齐白石》。我暗自为他捏把汗，以他信马由缰的谈话方式，万一不小心把话头扯到"猪头肉"上，弄得上亿观众跟风吃"猪头肉"，那刚刚回落的肉价还不得强力反弹上去。更严重的后果是，血脂高的病人剧增，导致医药紧缺，《百家讲坛》有可能被告上法庭呢！

于水　金陵十二钗册页——宝钗　34cm×45cm　纸本设色　2014年

二刚与白石

一样的进京

张三说，笔墨赶上齐白石了；李四说，画技完全超过齐白石了；王二麻子说……齐白石这三个字犹如一座大山、一杆标杆，百年来，画者前赴后继，蓦然回首，竟无一人跨越，齐白石他老人家仍在云端微笑。二刚无意与白石相比，只是我偶然发现，二刚与白石有很多相似之处，于是起了比较心。

南京画家刘二刚在六十岁的时候办了两件大事，一是出人意料地、迅雷不及掩耳地在北京 CBD 购置了房子，成了北京市民，也成了我的邻居；二是筹备了有"中国"字头的国家画院之六十大展——天高云淡。

八十年前，也有一位年近六十的画家背着行囊来到北京，他也办了两件大事，租了一间小屋，办了个小画展，这个人就是湖南的齐白石。这一进京非同小可，20世纪中国画就多了一位大师。

我问二刚，赶六十岁进京，是模仿齐白石呢，还是一种巧合？二刚笑而不答。那表情极似齐白石。巧的是齐白石属猪（1864年农历癸亥年生），二刚也属猪，只是"二猪"天高云淡的脸上唯缺了"大猪"那把白胡子。

一样的自学

二十岁的二刚站在镇江街头的木架上，往墙上画毛泽东像，一身的油彩，肚子饿得咕咕叫，当时就职的单位叫工艺美术厂。没有机会进美院读书，只能抽业余时间悄悄练习写生。

二十岁的白石手推刻刀，在湖南湘潭的木工房里为硬木大床雕花，一身木屑，现在的说法叫"个体户"。没有美术学院可读，夜晚在那几间土房里临摹《芥子园》。

一样的"工艺美术"起步，一样的自学成才，二刚创造了"刚式老头"，白石制造了"齐式虾"。

一样的"零件制造"

翻开二刚从天山、太行山带回的写生本子，里面找不到成品画，倒有点像八路军侦察员的敌阵地示意图，山头、小桥、山洞、树木被独立放在边上，还有文字记录，如"洞深五十米，屋后有五棵树"之类，还有一些即兴的诗句题于侧（区别是没有鬼子的炮楼）；又有点像汽车的零配件，与通俗意义上的写生完全不同。二刚解释说，他这些零件经过重组，即可成独立画作。

在北京画院三楼齐白石展厅，我吃惊地发现，白石的很多写生稿也是这种"零件"示意图式，甚至山头上还标着颜色"赭石""花青""洋红""淡绿"等。

"零件"记录的是局部，示意图是装整个景致于胸，白石和二刚的写生打破了西画写生的客体限制，是中国式的"读万卷书，行万里路"式的用心写生。

一样的"耕作"

齐白石给自己定了每天五幅画的硬指标，每天早晨起来，吃过鸽子蛋清汤面（此面有可能是齐长寿的秘方），问声荣宝斋的订单来了没有，便开始挥毫。遇有感冒不适或杂务耽搁，没完成定额，第二天一定补上。一生留下作品数万幅，诗、书法、刻章无数，是中国历史上的第一高产画家，应评为"国画劳模"。

二刚新年的时候，发短信说，一年又画三刀纸。这着实让我这"十年才画一刀纸"的懒人汗颜。每次见二刚，他总是手里拿着刚出版的画册送我，粗算下来，差不多可以著作等身了。

二刚和白石是农耕土地上的传统文人，爱"一分耕种一分收获的踏实"。白石深信家中有粮心里不慌，二刚则是柜中有画心里不慌。中国画这种笔墨游戏如同剑术，单有最好的秘籍宝典，不能成事，仍须像"耕作"一样地练习，才能到达彼岸。

一样的有趣题跋

齐白石的画常在雅与俗之间寻找画理，题跋之趣随处可见，二刚亦常得其妙。齐白石画"人骂我，我也骂人"；二刚画"惹不起，难道还躲不起吗"。齐白石画一个老鼠在秤钩上，题"自秤"；二刚画一个老鼠在鼠夹前犹豫，题"只给你一秒钟"。齐白石画敞开的鸡笼前三只小鸡，题"三过家门而不入"；二刚画月下笼中小鸟，题"抬头望明月，低头思故乡"。齐白石题山水："乱涂几株树，远望得神理，漫道无人知，老夫且自喜"；二刚题人物："高岩人独坐，所思在远方，莫道似神仙，心中有炎凉"……他们所处时代虽不同，而情趣和机锋却相近。

一样的"谦虚"

一个人在凤凰上放了狂言：再给十年，我就超过八大山人！

又有一个人在央视上放狂言：21世纪，不把他写进美术史，执笔的那人就是傻X。

我问二刚，你也功成名就了，为何不见你狂言过？二刚笑道：画画的哪个不狂？不狂就不自信，但狂也要关起门来狂，在公众面前狂就易惹麻烦，落笑柄。真想象不出，如丰子恺般书卷气的二刚在他的"午梦斋"里闭门发狂的样子。

有朋友去见齐白石，老人家谦虚地说，我的画总是画不好。朋友感动。不料老人喘了口气接着道，不过（就怕大喘气，就怕不过）若把我的画跟别人的挂在一起，那还就是我的好。朋友初醒。假谦虚，真自信，二刚与白石一路。

一样不同

齐白石在北京新娶了二太太宝珠，大太太坚守在湘潭老家管理田产，养育子孙。我逗二刚，你处处像齐白石，只有这一点差了，你要不要也娶个"宝珠"？二刚大笑，"瞎讲、瞎讲，时代不同了哎！"（时代不是问题，当今进京的画家，暗娶"宝珠"的大有人在呢。）

我们又暗中鼓励嫂夫人郭同志（二刚夫人姓郭，因狂爱看天安门升国旗，得"同志"名），进京陪二刚一起居住吧，万一出现个把"宝珠"，后果很严重！老郭表情沉稳，一副"尽在把握"的样子。

其实二刚与郭同志夫唱妇随，模范夫妻一对，我们怎能把二刚往火坑里推呢？"宝珠"不娶也罢，这一小点上，就不与白石论短长了。

画家 "边小孩"

捏陶器

"边小孩"不是小孩，而是画家边平山1958年出生时写在出生证上的名字。那一年，身为国家干部的父母正忙着大跃进，没来得及给刚出生的儿子起名字，可出生证上又不能空着，接生的大夫也没多想，顺手写上了边小孩这个临时用名。后来父母给他起了一个谦虚而有时代印记的名字——边学群。长大之后他改用了祖籍河北的地名——平山，再后来，朱新建给他刻了一方图章——边老爷，于是大家就这么边老爷、边老爷地一路喊过来。好玩的是，这个边老爷昨天才从他妈妈那里知道自己初始的名字叫边小孩。边平山如获至宝，见到朋友们就求人家说："以后就叫我边小孩吧。"陈绶祥说："六十岁之前叫边老爷，六十岁以后叫边小孩。"想想也有道理，老艺术家更应葆有孩子的心性。边平山就用这种孩子心性捏了一批让人吃惊的陶器。

边平山在景德镇制作了一批陶器，看了让人脑子里马上蹦出"小孩"这个关键词。这百余件陶艺作品，透着孩子气，造型和趣味打破了惯有的审美模式和逻辑秩序，甚至对泥性的主宰显现出纯真温柔的心性，很多作品具有现代装置意味。边平山称之为"玩泥"。

这批陶器通过破坏与重组完成视觉效果。把价值数万元的古瓷器打碎，以串糖葫芦式的行为，以奢侈态度完成符号重组，给观者以文化暗示。

《壶》系列作品可以认为是边平山最具个人标志和笔墨意义的作品。壶的功能被重新定位，或做成锅炉状，肚子里塞着纸样假山石；或里面装一个黑色太湖石、茶杯、贵重的玉器，壶不再能装水，而装载了传统文化的象征符号，看上去很中国，很泥味，也很"小孩"。

静物和假山系列更强调陶泥的质地和组合效果，与边平山的国画笔墨趣味一脉相通，但成功地避开了画家通常的从绘画到陶瓷的简单转换。那种极力用陶泥本身语言诉说的文人态度，深植在作品的骨子里。这批陶器作品，可以说是一个叫边小孩的艺术家对泥的极端行为的产物，既天真而又有法度，既现代而又有传统。

在解读平山作品的时候，怎么也绕不开他的生存状态。边平山早年在故宫里学习修复古画，在严苛的师傅点拨下练就了笔墨的童子功，也在故宫里泡出了老爷的气质和独到的眼力，因此笔墨一出手就很高，成为新文人画中的核心画家。后来平山又到荣宝斋当编辑。印象中他就没怎么上过班，整天在家里待着、待客、泡茶或看书、弄弄花草，十分闲散。

八年前，边平山为了儿子上学，辞去荣宝斋的工作，举家迁往上海。在那里成了无单位、无户口、无三险一金的三无职业画家。买了三百多平方米的大房子，养了一百多盆花草，每天睡到自然醒，他说："现在活得真自由。"说这话的时候平山笑得像个孩子。

无论是陶器还是水墨画，正像他的生活一样，边平山正从各种规定的法则中解脱出来，进入一种更自由、更天真、更得法的童趣境界。

边老爷真的要变成边小孩了。四十好几的人一不小心，又玩起了泥巴，难怪有人说，人的祖先就是泥巴。平山说，起初，接触陶瓷是为了出版社的一个活动，主要是在陶瓷上画图，共画四十件，几天就完成了任务，但总觉得不对劲，也许在自己不喜欢的器型上画画，就像是给一个很丑的女人涂口红。

陶瓷主要分为陶器和瓷器两大类。瓷器的品种比较多，高古瓷多为色釉瓷，造型与用釉朴素、简练，看上去比较整体大方。彩绘瓷以明清的出口瓷而享誉世界。陶器是一种比较原始的工艺，除日用品以外，更多的陶器带有神秘的宗教色彩，如图腾器物、祭品等，种类繁多。由于它的工艺比瓷相对简单又很有表现力，所以当代的许多艺术家也致力于陶艺的创作，它有别于传统陶艺的实用性，而更强调艺术家个人的思想。

平山说，一次机会，认识了石明辉先生，他的工作室很乱，但很有艺术氛围，由此萌发了他对陶瓷艺术的兴趣。也许兴趣由瞬间转换成狂热，难免会有些极端。记得当时曾说过在陶瓷上画画是对陶瓷的虐待，后来想想此话有些过分，这也许是我比较喜欢高古瓷的原因。

宠公鸭

推开平山家的门，迎接你的不只有边老爷，他身边还喜滋滋地站着一只肥公鸭，一身金黄色的毛，一副主人的架势。

边老爷说，怀一养狗，我就养鸭。我私下不免有些担心：

狗比较聪明，经过训练，可将大小便排到规定的位置，这鸭子不会随地大小便吧？"会！"边老爷回答得很坚决，"这鸭子拉屎是用喷的，'噗'，看着让人舒服极了，这一点就比我们的人类强，人还会便秘，鸭子有屎就这么一'噗'，多痛快呀！"说这话时边老爷一脸幸福（人也有"噗噗"喷的时候，那要赶上着凉跑肚）。老杨插话说，鸭子与羊的排便方法基本相同，随意性强，一路走一路拉。若是搁在院子里，怎么拉都不要紧，而在边老爷的公寓里，鸭子"啪啪"地走，"噗噗"地喷，还是难以让人感到幸福。应该向边老爷家的保姆致敬，除了买菜做饭之外，还得假装很幸福的样子跟着收鸭粪。

昔日，东晋书圣王羲之也宠鹅成癖，见了漂亮的鹅就走不动路，就千方百计拿自己的书法将其换回家中，透着魏晋士人洒脱放达的率性。我估计，那鹅的排便方法也应是用喷的，不知王羲之老师是否也会享受这一"噗"的幸福？一群鹅，"噗噗"地此起彼伏地喷粪，其景致一定壮观。

怀一说平山的鸭子很像鹅，"那还不如就养只鹅"。边老爷解释说，鹅太厉害，特爱拿嘴拧人，尤爱欺生，见一个拧一个，朋友们谁还敢进门。边老爷的一片仁爱之心要胜过王羲之了。当年王公贵族求书论法时被羲之鹅拧伤的一定不在少数，只是史书未记载罢了。可以肯定，当今的大都市，养鸭子当宠物肯定比养鹅更益于构建和谐社会。

近日边老爷的烦恼来了，肥鸭总咬着他的裤腿起腻，睡觉时还把头插到他的被窝里，到了发情期了。于是派人满大街、满市场地找，居然没有一只母鸭。一打听才知道，母鸭都集中在圈里下蛋呢，只有公鸭才舍得上市杀肉吃（原来边老爷宠的是只菜鸭）。我们就建议，把鸭抱到动物园去婚配吧，那里鸭多，品种好。边老爷狡黠地笑，我害怕被它们传上禽流感呢！大家哄笑。恐怕人家动物园里鸭群已经达到阴阳平衡了，平地冒出一只"情种"，人家也不好安排呢。王羲之的鹅都是一群一群地养，大概就不存在这样的烦恼。

羲之爱鹅，大概对书法走笔有启发，不仅留下了佳话，也留下了不朽的《兰亭序》。平山宠鸭，书法亦有大进，用笔构成看了让人激动，可惜不知写的什么字，若天书，大概是鸭语吧。边老爷亲切地安慰大伙道，不用看懂，只要看出好就行。

边老爷说，这两天在画女人体。进安问，有模特吗，没有就到我们学院里去画。"不用写生。"边老爷说。

我有点好奇，整天对着一只扭来扭去的大公鸭，边老爷的女人体不知会画成什么样呢。

于水　官扇 送子观音　33cm×33cm　纸本设色　2014 年

高人季居士

老季坐怀不乱

老季以参禅打坐闻名中国画坛，六十岁年纪，若闲云野鹤般飘逸，被誉为高人。

老季、明瓒、边老爷等一票人去景德镇画瓷器，晚上回到旅馆，老季坐在沙发上看电视，明瓒上街，拉进一小姐来，推入老季怀中，强其抱之。老季也不反抗，任他摆布，仍看电视不止。边老爷在旁发话："你们看老季，就是经得住考验，坐怀不乱！"老季笑，仍侧头看电视，其情景如高僧抱木头。

两年后，老季在边老爷寓所闲聊，道："景德镇那女孩有点像小陈（另一美女），还挺漂亮的。"边老爷"嘿嘿"坏笑。明瓒呷了一口铁观音，挖苦道："我以为老季真的坐怀不乱，还暗自佩服呢，却原来，过了这么久，他老人家还记着那小姐，并未放下。"老季也不解释，只是暗暗地笑，脸绯红，呈桃色。

一则公案：小和尚见一麻雀在佛头上拉屎，状告老和尚："这麻雀真没有佛性！"老和尚怒斥："混账话，难道你要让它到老鹰头上去拉屎吗！"

佛祖说，慈悲为怀。老季的怀里坐着的不是小姐，而是慈悲。

季居士挺进德国

老季、怀一、崔海去德国办展览已经十几天了，我暗自担心起来，老季是居士，参禅打坐几十年如一日，一年有小半年住在庙里，这一进德国，火腿、热狗、三明治的招呼，怕早烦了。怀一回短信道："老季很喜欢德国饭食，都不愿回去了。"崔海也跟着起哄，说："季老师人长得白，配上礼帽金丝眼镜，混进德国人堆里，还真找不出来。"这让我大跌眼镜。

半个月后，老季回国到老杨茶馆吃茶，我急忙跟他核实：真的改了口儿，爱上热狗三明治了？他不紧不慢啜了一口普洱茶道："别听怀一瞎说，在德国，中餐馆少，也难找，我是嫌麻烦，就凑合吃面包了。有一次，我们几个人，费尽周折找到一家中餐馆，一推门把老板都逗乐了：这么多年还没见过自己找过来的中国游客呢，你们本事大大的！"

在德国，如果你是一个痴迷吃中餐的人，一天就别干别的了，"不是在中餐馆，就是在通往中餐馆的路上"。令人灰心的是，千辛万苦寻到的中餐馆，菜一概是"南腔北调"地不着调，难吃得令人懒得提它。

老季揭发说，其实最怕西餐的是崔海，画廊老板皮特尽地主之谊办了隆重家宴，买来最昂贵的生吃牛肉馅，崔海一吃，肠子直往上翻，还得做出很喜欢的样子。皮特母亲看出端倪，安慰他道："不习惯吧，我做道汤给你压一压。"奶油汤一上来，崔海只压了一口，差点没有喷出来，脸都绿了。就好比，一个人喝红酒有点高了，又给他一杯二锅头压一压，真个雪上加霜啊！

话头扯回画展上，德国人爱哲学，老季参禅并以禅入画，气息相通。因此，德国人能看懂并喜欢老季的画。老季说，德国人很好玩，买画极认真，如果看中一幅画，不马上买，而是不厌其烦地把老婆、孩子、爷爷、奶奶、姥姥、姥爷、三孙子、二大爷等所有家中成员一个个地拉来看过，确认大家都喜欢才买。不像中国人，买画很随意，就跟买土豆白菜似的，看中就拿下，甚至几十上百张撮堆儿买。

"听说你不想回来了，参禅打坐怎么办，德国有庙吗？"我故意问。老季"嘿嘿"道："听反了吧，不是不想回来了，而是不想再去了。"德国虽然没有庙，但很安静、优美，适合打坐参禅，随便找条街打坐，也不会有人来干扰，比中国的庙里还安静呢（时下各庙开发旅游搞创收，热闹得跟百货大楼似的）。这要搁在北京肯定不行了，冷不丁居士就坐前门大街上打坐，别说围观的闲人起腻，戴大檐帽的城管也会不答应，就算城管睁一只眼闭一只眼，居委会的"小脚侦缉队"也会不高兴。这一点，还是德国比较好。留在德国的最大障碍就是语言不通。

怀一又发短消息来："老季最近在狂学英语。"我寻思，亡羊补牢未为晚矣！六十岁的老季只要下点功夫，用外语赴德国传经布道，也不是太遥远的事儿。老季淡淡一笑："又是假新闻！"

三炷香访陈平

　　早春二月，天气晴朗惠风和畅，我、二刚、怀一、子游、小丁、卫宁等相约，登西山三炷香，拜访画家陈平。

　　早听说陈平家有几头藏獒凶猛异常，惧！路上，手机通知陈平，一定要将猛犬"双规"。

　　陈平的别墅建在半山上，南北两栋三层小楼有过廊相连。一进大门便见假山、荷塘、回廊，珍奇树木百余株，奇石盆景无数，各道门上都贴有大红春联，全是陈平原作。穿过一个山洞方进得屋内。因其园林精致紧凑小巧，取名点园。

　　室内面积有五六百平方米，亦是曲径通幽，门廊极多，初来乍到，容易迷路。最可人的是一楼的乒乓球室和三楼的巨大画室。屋顶平台风景绝佳，望东南三炷香摩天而立，山色秀美，看东北一马平川，远处凤凰岭隐约绵延，人到此，犹如置身陈平的山水画中。

狗养在后院，早已"双规"。两条藏獒、两条黑贝，站起来跟姚明似的，一见我等生人，狂吠不止，震耳欲聋，小偷强盗若见其势定会闻风丧胆，我等良民亦吓出一身冷汗。有此猎犬看家护院，生性谨慎的陈平，晚上睡觉定会踏实。据陈平讲，犬儿饭量惊人，一个班的保安都吃不过它们四个。

落座品茗，唏嘘感叹，当年我与老十、许俊等常聚于陈平长椿街的三居室，亦品茗，如今端杯，有隔世之感。那时陈平兄笔下湖山，多为费洼山庄，可看不可居，如今的陈平，就真的居住在他梦想中的费洼山庄里了。

临别时我与陈平私语：你这费洼山庄里若再添七八个女乐、三五个门童、两三个丫头、若干大厨，就与当年的白居易、袁宏道的山庄差不多了。

于水　官扇 婴戏图——放炮竹　33cm×33cm　纸本设色　2014 年

连环画那些人那些事

前几天，有个收藏连环画的发烧友来找我，从包里拿出一大摞我以前画的连环画，让我签名，数量之多，令我吃惊。有这么多连环画出版过，而我自己都记不得了。幸遇这样执着细心的发烧友，使这些连环画保存下来，并引发了我对连环画的一些回忆。

记得我画的第一部连环画是《朱德的故事》两则，很短，加起来大概也就二十几幅。当时的编辑叫吴声，刊物叫《工农兵画报》，时在 1978 年。吴声要求很严格，三次退稿，重画，才得以发表。当这套"处女作"发表的时候，其快乐逼近"金榜题名"。至今仍对朱德元帅心存感激，他的故事使我有了第一个脚本，技术上又得到优秀编辑吴声的引领，连环画之缘，从此一发而不可收。

在其后的十余年里，我创作了数十部连环画，其中能记得名字的有《公子扶苏》《离骚》《西游记》《长生殿》等，创作速度飞快，一部百幅的连环画，从看脚本、收集素材，设计人物绣像、环境到交稿，只用二十几天，每天工作十几个小时，几乎达到"零抬头率"。当时连环画的稿费很高（与GDP相比），大概一本两千至五千元不等。连环画家成了高收入人群，当时有个热词叫"万元户"。

连环画带给我最重要的福分是，结识一批中国最有才情的朋友。吴声算是把我领进门的启蒙老师，后来我们合作了很多连环画。友情年久日深，每年春天都能收到他从杭州寄来的明前龙井。

与高云合作的《霍小玉六十二图》是我连环画生涯的巅峰之作，得到了很多荣誉。高云才智过人，官至厅局级，但并不嫌贫爱富，见面仍亲如一家。

王孟奇、刘二刚、李老十、朱新建、高燕、徐乐乐、赵奇等，因连环画结缘，亦师亦友几十年，有了他们，连环画的十几年才可以称为"美丽人生"。

贺友直例外，他是我的连环画偶像，虽然无缘成为他的学生，虽然只有北京、上海的两次拜访，但这并不影响我是他永远的粉丝。

连环画的稿费已经花完，奖项虚名已然远去，但在山东、湖南、兰州、贵州等地办展时总能听到：你不是画连环画的谁吗？这一生，有幸画过连环画，还有幸过了 N 多年后，仍有人记得，的确挺让人感动的。

于水　声声慢　33cm×33cm　纸本设色　2014 年

杯酒文章

　　大同酒桌上的规矩是这样的，每人前面置一公道杯存酒，旁边小杯是来干的，干完再从公道杯中续上。酒过三巡，祥夫指着怀一、世奇说："豪华一下吧"。开始，我没明白，喝酒还有豪宅和经济适用房之分？见他们端起公道杯才醒悟，原来是干大的。豪华用大同口音讲，像"后悔"，我开玩笑劝祥夫，别"后悔一下"了吧，二两干下去，溜到桌子底下，恐怕就剩"后悔"了。祥夫纠正说，音发的是"快活"，大杯一干，还不快活吗！酒量不同，耳朵听音都能差之千里。

　　祥夫是我认识的作家中最有酒量的，经常"豪华"地吃酒也不见他醉。有一次，桌上的人都被"豪华"掉了，祥夫举起大杯四下一望，没得敬了，脑筋急转弯，"这杯敬我自己吧"，一仰头，干了。老画家王彤怕他心脏出事，劝他喝"经济"的，祥夫一笑："人在江湖，没得办法"。好像嘴长在别人身上一样无辜。

祥夫酒德好，从不借酒哭闹傻笑发疯打人，回到书房点灯拾笔，文思如泉涌（酒泉），绝妙好词就像机关枪扫射一样，排山倒海，美不胜收，让我羡慕不已。李白、苏东坡他们当年大概也是在酒桌上"豪华"完了，就回房写出那些千古名篇的。我常恨自己酒力不行，一提笔，那些好词就找不见了，要是天生个"豪华"的酒力，文章会写得更好些也说不定。

酒罢，祥夫把他的新书《四方五味》赠我一本，是专门谈吃的散文集。翻开一看，那华丽漂亮的句子里，似可闻到"豪华"的酒香。

陈头儿

一

陈绶祥带我们去南京办新文人画展。一上火车，陈绶祥就被两个粉丝很热情地抓住："您就是赵本山老师吧！"陈绶祥忙不迭地跟他们解释，你们认错人了，我是画画的。粉丝们根本不信自己会打眼，陈绶祥连忙向我们求救。平山、老十、新建等只是在那里坏笑，仿佛暗示粉丝："就是他！"

陈绶祥平常笑眯眯的，嘴上一撮小胡子，确实很像赵本山，只是脸稍短款了一点，很像宽屏电视播出的压扁版本。被误认作本山大叔也是常事。虽然他是美术理论家、画家，跟演艺圈不沾边，但是，往深了"人肉"一下，就会发现，他小时候还真沾过娱乐的边。他出身于一个大户人家，父亲大概任过民国时的财长，儿时良好的教育不用说，他居然还进了学校的舞蹈队，更惊人的是他还跳过芭蕾舞"小天鹅"。我们围着他，上下打量半天，也找不到一点小天鹅的痕迹。虽然，陈绶祥最终没能在演艺圈发展，但这给他打下了扎实的音乐基础，他是画家中最懂音乐的人（可能也是最会跳舞的人）。

二

南竹杆胡同一个老院子里的两间北房是艺术研究院分给陈绶祥的寓所，也是中国新文人画的"发源地"。二十年前，边平山、朱新建、王和平、李老十、陈平、北鱼、二刚等常聚于此，一夜一夜地讨论中国画的大问题，当时，一个重视笔墨主张回归传统的画派已具雏形。陈绶祥站在中国美术史的理论高度起了一个名字，叫新文人画。圣人说，名不正则言不顺，从此这个画派果然由小到大，由弱到强，深深地影响了中国画坛。在这个平房，陈绶祥还策划出版了一套具有历史意义的《二十世纪下半叶——中国新文人画集》。

陈绶祥比我们长几岁，国学修养极深，著作等身。特别是西方数学和中国文字学都达到院士级，读书破万卷且能过目不忘。极具讲演才能，尤其能言善辩，基本无敌手。且在

"朝中"做官（中国艺术研究院美研所所长）我们亲切地称他"陈头儿"，尊他为新文人画的旗手。他也不负众望，主办了很多新文人画的重要大展。

新文人画派没有组织结构，没有主席、副主席、秘书长什么的，没有像梁山好汉那样排个座次。大家都是志趣相投的画家，平等而松散的关系。有点君子之交淡如水的意思，正因为如此，二十年过去了，中国画坛很多画派都灰飞烟灭，而新文人画派却依然还在。对于新文人画派而言，陈头儿功不可没。

三

在长沙办新文人画五人展的间隙，陈绶祥拉我们去"朝拜"齐白石故居。陈绶祥最喜欢齐白石，画也是学他的，一路上他都挺激动。

齐白石家在一个小村庄里，几间房子一个小院，富裕程度应在中农与地主之间。院前梅子树已结果实，正面是一池荷花，四周为水田。我们刚要进屋，从旁边冒出一个老汉，卖门票。游客稀少，比鲁迅故居冷清得太多了。让人想起吴冠中那句名言："一百个齐白石也比不上一个鲁迅。"毕竟，画家的影响只是窄众的。

陈绶祥极其严肃认真地里里外外参观了一圈后，悄悄告诉我，找到齐白石画得好的秘诀了。我好奇地问是什么，陈绶祥只是神秘地笑，不露半字。既是秘籍，总不能喊得天下人都知道，那就等着瞧陈头儿的画吧。果然，陈绶祥回京后埋头画了半年，把画拿给我们看，真让我吃惊不小，无论老鼠还是荷花、牡丹，仿佛真得到齐白石的神助。看来故居没白去，秘籍是得到了。

　　陈绶祥是知名的美术理论大家，他用自己的绘画作品证明，他也是一个好画家。

于水　金瓶梅人物——李瓶儿　33cm×33cm　纸本设色　2014 年

从范蠡到范扬

　　放下酒杯，潘金玲望了一眼丈夫范扬和爱子范立，开玩笑道：范家就是不出美女。此言一出，四座皆惊。范扬脑子反应快，眼睛一转马上回道，范冰冰就是范家超级美女嘛！大家笑，靠得上祖谱吗？范扬也笑。范家是个旺族，从范蠡、范仲淹、范成大、范文澜、范曾到范扬，都是名声显赫的才子或文官，唯缺美女，除了祖奶奶西施就再无名氏可入祖谱。把范冰冰扯进来，虽然有点离谱，但两千多年前的事，什么情况都有可能发生，比如，范蠡与西施的某个儿子，与二老吵了一架，离家出走，漂泊到了鲁国的青岛，定居繁衍，N 代后出了范冰冰这个美女，也说不定，且从面相上看，范冰冰又极像传说中的西施，因此范扬的说法，亦有可信的部分。范家的才子佳人祖谱，倒可以顺藤摸瓜地往上捋一下，以正本清源。

范家的太祖范蠡的才能名气最大，不动声色地派西施去夫差身边卧底，帮助越王勾践灭了吴国，又不贪恋仕途富贵，胜利那天，接上西施，泛舟而去。范蠡的治国之才及对西施的不离不弃，为后世称颂。至于两人在船上生了几个孩子，又如何终了，就无人知晓了。但可以肯定，他们没生女儿，以西施之容貌，生个女儿，不是天仙，也得是倾国倾城，超级美女总是容易有传奇的爱情故事被历史记载下来，不会查不到踪影。

范家到了宋代出了两个文人好官，范仲淹和范成大。此二人，为官清廉亦无包养小三之绯闻，且留得名诗名篇传世。尤其范仲淹，以"先天下之忧而忧，后天下之乐而乐"名垂青史，有点忧国忧民的悲壮气质，广受人民爱戴。

范家的香火传到近代，出了范文澜这样的历史大家，著有《中国通史简编》，学问做得严谨，大概没有把祖奶奶西施的传说写进史里，不能因为是自家人就开"后门"。

范曾就不用说了，早已是家喻户晓妇孺皆知的人物、画家。拿画像作比对，范曾与范仲淹确有几分相像。遗传基因的力量令人惊叹。

我仔细端详范扬，方圆脸型与范曾、范仲淹、范大成基本属一个脸谱系列。气质尤其像陈老莲笔下的范蠡，只是表情上略有不同，范蠡呈卿相之严肃端庄；范扬则是画家之活泼天真。大概所处时代及所担责任之不同罢。

范家的文脉传到范扬这一代仍然很旺，范扬善赋诗，作文能出口成章且妙趣横生。甚至，画画时能边画边说，学生记录下来，就成了画论。有点石涛之才，石涛画山水时，口也不闲着，愣是"吐"出了一本《话语录》。就有艺评家评价范扬为才气喷发型艺术家。当然，范扬著书立说的压力也很大，毕竟，面前横着《岳阳楼记》这座高山。

范扬的长项还是画画。山水、人物、花鸟及书法无所不能、无所不精，尤其是山水，传统在他手上发扬光大，一笔一墨地"打下"了范家江山。范扬作画，有一种胸臆直抒的流畅与活泼，以无碍无滞的书写，如入无人之境，气韵生动，解衣磅礴。如得祖上神助，神奇得令人感叹。更令人吃惊的是范扬的勤奋，潘金玲讲，每到一个地方，别人行李还没放稳，范扬都画出半幅画了。再比如，他带学生外出写生，范老师经常画到天黑看不见为止。这样的表现，跟石涛、张大千都有一拼，将来成就定会大得吓人。

范家的官脉亦很了得，通俗的说法是："祖坟上有那棵蒿子"。范扬初为南京师范学院院长，后进入国家画院做官，官至国画院院长。最近又被任命为南京书画院院长。都是美术方面的官，比范蠡范仲淹他们的担子要轻些，也不必"先天下之忧而忧，后天下之乐而乐"活得那么沉重。范扬天生善良幽默，有点像郭德纲，一开口就容易把大家逗乐的那种。若当总理、省长可能到关键时刻严肃不起来，但做个文化官，倒挺合适，可以欢天喜地地为画家们做点事。"先画坛之乐而乐，后画坛之忧而忧"，格也不算太低，亦可青史留名。

　　大家举杯向范扬敬酒：21 世纪振兴范家大业的重任就落在仁兄的肩上。范扬笑着把酒干了。转头对我说，等我约范冰冰一起吃饭，让你见见范家的美女。又特别叮嘱我道："一律不准带家属！"

大缸的妙用

  彭先诚在自家院中置一大缸，盛满水。是养鱼养虾，还是栽荷花种睡莲？彭老师的回答出人意料，将每日不满意的书画作品投入大缸以化之，原来是废画处理器。

  李可染先生有"废画三千"之说。三千幅废画处理起来绝非容易的事。吴冠中先生的做法是撕。李可染、吴冠中、彭先诚都属于治学严肃并对美术史负责任的艺术家，绝不愿意自己的废画流传出去。我问彭老师，为何不仿吴先生一撕了之？"撕起来太累，太耗体力和时间。"清瘦的彭先诚确实不适合这项体力活，三千幅，还不得全家上阵撕上一个星期。况且，撕也不能彻底。据传，曾有画商化装成拾荒者，潜伏在画家楼边，专收垃圾，将画家撕碎的作品残片，送装裱店拼贴复原出售，如此竟成了富豪。

要么就用火烧吧，早年地下党对看过的重要文件都用此法。彭老师说，大火烧起来比较难控制，而且污染环境。我本来还想说也有吞服的，但那只适合小纸条，上千幅画生吞下去还不把人噎个半死。如此看来，大缸水淹法，真是一个绝创，可与王羲之洗砚池传说一样进入美术史话。我也想效仿彭老师置一大缸，但一年也画不了几张画，大缸闲置，水里还不得生出鱼虫来，只好作罢。

　　近日，彭先诚先生带着自己满意的作品在北京画院美术馆和二月书坊举办画展。看着一件件从缸边"九死一生"地走过来的艺术精品，我心里对彭老师充满敬意。

于水　金陵十二钗册页——惜春　34cm×45cm　纸本设色　2014 年

大觉寺夜赏玉兰

一

赶在太阳刚落山，月亮还未高悬的当口，王祥夫、怀一、姚媛、王世奇等几个画家进入大觉寺。寺内没了游人，亦无僧侣，大庙早已上锁，门口售香火的工作人员也已回家吃晚饭去了。寺内有一种红尘散尽后的寂静。一阵春风拂过来，将松声竹声吹进耳，将草香花香送进鼻。还没开酒，还没见玉兰，人就有点微醺了。

祥夫两手各抓一瓶"竹叶青"，走路一晃一晃的，逗得茶院小姐笑："这人定是醉了，拿酒瓶跟抓手榴弹似的。"

二

在庙里晃了一圈，已是晚上七点，肚子饿了，大家决定先吃饭再赏玉兰。

茶院的绍兴菜馆，是一座木结构的仿古大殿，怀一喜欢二层阁楼，坚持上面吃。走在木梯上，就有人吟了句香港老话"有钱上高楼，没钱地下坐"。小姐一听这话音，笑了笑："定是来了一大户！"

宾主坐定，怀一点菜。见他那粗粗的手指在菜单上戳了几下，便搞定了。小姐问，喝什么茶？"我们自带龙井，加水就好。"又问，喝什么酒？"有西凤、竹叶青，上几个杯子吧"。再问，喝什么饮料，"有沙棘果汁。"最后问，抽什么烟，"有烟斗、软中华。"小姐叹口气退下。

我去洗手，见楼梯几个小姐撇着嘴议论："楼上那桌连水果都自带了，咋比本山大叔还抠呢！"回来我向怀一报告，有人挖苦你呢。"这对咱山西人的名声可能不太好吧。"怀一点上一支中华，笑道："你看祥夫带来的龙井茶，是从龙井村速递过来的，比餐馆的茶不知要好多少倍呢。再看这酒，都是原厂里出来的，不会有假。咱这豆腐干，是王世奇从山西带来，两会专供的。咱这烟斗……咱这水果……总之，自带才是一种真正的奢侈，若是能连菜都自带，餐馆只提供桌椅就更牛了。"
这话也不无道理，自带的东西，料子往往比餐馆要讲究，就说
炒菜油吧，自带，谁还会带地沟油呢。

话又说回来，都自带了，餐馆只提供桌椅、小姐和开水，
那还不把餐馆逼疯了，只能在收"开瓶费"的基础上，加收香
烟"点火费"，水果"开刀费"、茶叶"开水费"……总之，餐
饮业的产业结构将发生重大的革命性的变化。

说归说，餐馆的绍兴菜还是好吃，只两个时辰，四瓶酒见
了底。一个一个从楼上晃下来，感觉楼梯直抖，像地震了似
的。应了一句老话："下山总比上山难。"

三

今年的玉兰比往年开得稍晚一些，明天就是五一了，"玉
兰节"的大红横幅还挂在院子里，那株三百年高龄的玉兰
"老爷树"挂着百余朵白花，已是开过十分了。

北京最好的玉兰，就是大觉寺的这一棵。一壶铁观音，大
家在树下藤椅上坐定，不时有大瓣大瓣的残花落下来。祥夫
说，看这玉兰将谢最令人伤感了。不知是酒力还是祥夫想到了
貂蝉、赵飞燕、苏小小，或是哪位同桌的她，总之，祥夫的眼

睛红红的。

有两个画家已经进入了深醉，脸上没了表情，眼光空洞而遥远，好像他们正凝望着千年前的玉兰。怀一边拍照边说："这玉兰像唐人。"祥夫定睛细观："我觉得像宋人。"怀一又说："那就是唐末宋初人吧。"女画家姚嫒轻声道："像明代人。"画家们显然在将玉兰拟人的问题上有了分歧。喝着茶，听着古琴，各自阐述观点，祥夫还不时地吟诗咏词。夜色中，玉兰静静地听着，像一位来自于远古的美人，笑着，发出暗香阵阵。若史官能及时将这段记录下来，可成就一篇新《兰亭序》，斯文后代。怀一命大家每人写一篇看玉兰文字，看官可以期待。

从怀一的相机里看夜色中的玉兰，让人无法分辨这是玉兰还是羊脂玉片，让人想起"温泉水滑洗凝脂"，昔日出浴的杨贵妃，通体大概也就是这样洁白玉润吧，可惜那手感只有唐玄宗哥哥知道。

玉兰还是那支玉兰，至于她像谁，若什么，那只是文人画家的不同心性罢了。

明年今日此门中，玉兰依旧笑春风。

花间客

公翠鸟叼来一条小鱼，送给雌鸟吃，雌鸟欣然接受，上下打量了一下这位"靓仔"，帅且懂得怜香惜玉，于是便以身相许——这是长时间"潜伏"在花园里的江宏伟能够看到最惊艳的场景。在中国画家里，江宏伟写生的时间可能是最长的，经常八个小时连续伏在花下写生，甚至，为完成一幅画，可以持续半个月这样工作。最与众不同的是，他置一张写生小案，写生直接画在整幅宣纸上。写生稿完成后，就成了作品的粉本。

花园里没有人，太阳从东荡到西，桃花依旧，蜂蝶各忙，时有公松鼠与母松鼠在搭讪。这一切在江宏伟眼中是那样的美如仙境，甚至，自然的一丝丝变化，他都明察秋毫尽在掌握。犹如李清照，雁过，还记得是旧时相识。我对自然的感觉比较一般，动物也没记得几个，若连续数小时对着花草鸟鱼不说话，就会抓狂。我问江宏伟，长此以往，不会寂寞吗？他说，"很享受那样的感觉，一进花园，心就踏实下来，比较怕人多的场合，应酬会让人焦躁"。我说呢，这些年，在公众场合，画展开幕式上从未见到过他，以他的艺术影响力，在主席台前排应有位子坐。原来，他躲到花园里去了。这是做诗人的习性，因此，宏伟画中的花与鸟都浸透了诗意。他甚至把多出来的诗情写成了一篇篇散文，句式意境都极优美。

走进江宏伟家的花园，给人一种很丰富的感觉。梅花、桃花、牡丹、芍药、樱花、海棠、芙蓉、菊花、竹子、松柏等等，仿佛四季花卉都集合到了这里。逐个端详，又好似翻阅宋人花鸟册页。宏伟的高超园艺打动了邻居，一把钥匙交过来，"我家的花园也归你栽种了"。两三家的花园连成片，足有几亩地，南京的气候好，四季都有花开都郁郁葱葱，江宏伟画写生便可足不出户了。我只是担心，万一整个别墅区的住户都把花园的钥匙交过来，江宏伟恐怕吃不消。

在江宏伟宽敞的画室里，靠墙摆着两幅巨大的"二十四节气"，这些巨制就是在自家花园里写生出来的。画面极其柔美沉静，让人想到的词是：沉鱼落雁、倾国倾城；让人想到的声音是：高山流水、蓝调；让人想到的人物是：周邦彦、柳永。画中的气息直接宋元，有点不让赵佶、钱选，让人叹为观止，我甚至对这个老朋友心生敬意。这个二十四节气，古时候是人们耕种的时间表，到我们这代人手里，就变成了吃喝的由头，比如，立春吃春饼，立秋贴秋膘。而在江宏伟眼中是植物花鸟的四时变化，并把这变化升华为笔墨意境，又把这种意境变成了二十四幅传世之作，说重一点，这填补了二十四节气除了耕与吃之外对花鸟影响的空白。

江宏伟长得像法国人，扔在巴黎街上就找不着了。据说上帝造人的时候，捏欧洲人时，就在头的两侧拍一下，欧洲人脸就比较窄，五官就立体。而到了亚洲，上帝改变了拍的方向，迎面就是一掌，脸都成扁的了，五官特平。估计拍江宏伟的时候，上帝一眨眼，不小心拍成欧洲人了。这事挺让人羡慕的。江宏伟坚持每天游泳两千米且数十年如一日。江宏伟善饮，一斤白酒下肚仍能保持君子风度，衣着打扮、行为举止都挺欧洲挺贵族的，基本没有给欧洲人抹黑。

江宏伟是画家中烹调手艺最好的，二十年前我和朱新建、田黎明、老十、陈平等在南京办展，晚上去江宏伟家吃饭，见他只身入厨，不大工夫就整出一桌菜来。风卷残云罢，老十表扬道："好手艺，尤其是那一锅汤！"于是，大伙便命名此汤为"宏伟汤"。今天，我问宏伟，手艺失传否？宏伟哈哈一笑："传给了学生。"当然，脑满肠肥的朋友们再想吃出当年的

"宏伟汤"味，已不太可能了。

南北方的画家最大的区别就是一个吃字，北京的齐白石，一辈子不沾炒勺，清晨起来往椅上一坐，鸽子蛋面条就送到眼前。而四川的张大千，不仅自己会烧饭，还创造了很多私房菜谱。因此董其昌的中国画南北宗说，从烹调这里下手，可能分得更容易些。

江宏伟这两天办了进京户口并在朝阳公园边上买了房子，调入中国艺术研究院，是因为遇到了"伯乐"（文化部副部长兼艺研院院长）王文章先生。对一个画家来说，进入"中"字头的画院，虽然不再像宋代画家进宫廷画院那样三品四品的隆重与荣耀，但至少也是对艺术创作上的一种认可与定位，到了这里，就没有更高的地儿可去了，什么世界画院、宇宙画院，那都是瞎起哄的，若真去了，户口都不知道落哪儿。

对于北京人来说，这是件幸事，又来了一个好画家做邻居，也许在中山公园的藤萝架下，或在恭王府的牡丹花丛中，就能看到大画家江宏伟写生的身影。

二十年前我问李老十，中国工笔画谁画得最好？老十捋了把胡子道："人物何家英，花鸟江宏伟。"今天，无论艺术水准还是市场价位，都被老十言中了，美术史也会记住这句话。

于水　金瓶梅人物——吴月娘　33cm×33cm　纸本设色　2014 年

环铁访李津

　　一个地产商将一套大房子的钥匙摆在了李津面前说："只要将地板上铺满的宣纸画完，画归我，房子归你"。李津笑着回绝："您这不是毁我吗，为钱画画，哪里还有感觉。"李津是跟着感觉动笔的画家，画面像是自己生活的留影，比如到西藏就画藏民、牦牛、奶茶；比如饭局、泡汤，就画红烧肉、木桶洗澡；再比如到哈佛讲学就画热狗、洋面孔。感觉来了，笔墨淋漓，感觉走了，投笔拉倒。因此，他的画一点也不装，极其鲜活、生动，若是有张一千万元的债单压在画案上，他恐怕就失去了放松的生活和恣意的笔墨。

　　李津是不缺房子的，除了几处住宅，在北京环铁艺术区还有宽大的工作室。推开工作室东墙的一个小门，同样面积的空房子展现在我们面前。李津告诉我，这间也拿下了，还没装修。两间加起来大概有三百多平方米，五六米的挑高，很适宜画巨幅。房子南向建一阁楼，有铁梯环上，是卧房。躺在床上便可透过大玻璃俯视楼下画案动静及墙上的新作，一睁眼一闭眼都是画。可谓："三尺剑，一床画。"

李津形容自己的画是一拼盘儿，传统的，当代的，东方的，西方的，西藏的，北京的等等。他说，其实我们现在的生活也是一个拼盘，喝可口可乐，品普洱茶，服藏药，穿阿玛尼，提爱马仕，涮内蒙古肉，干二锅头饮 XO。李津工作室里的摆设物件，果然也是一大拼盘。沙发对面卧着民国架子床，汉罐和西藏铜壶蹲在墙角，唐卡与佛像挂在西墙，唐俑仕女边上摆着奥巴马的黑色雕像，奥巴马身上的花格衬衫是李津买来给穿上的……各种物件堆满了画室。李津说，这是画画要看的静物，灵感常常来源于此。艺术源于生活，这可不是一句空话。

李津好酒，且是一个美食家。他的餐厅里摆满了各种酒，有上千瓶，他倒了一杯黄酒与我碰杯，又斟了一杯法国白兰地，我不胜酒力，只能止于白兰地。他说这些酒总不能达意，只能用二锅头才能圆满收场。李津的画是有酒肉味道的，早年方力钧茶马古道酒馆的菜单图画，就出自于李津之手。每次点菜我都感叹，什么人可以把鱼肉虫草画得这么好。

借着酒劲儿，我问李津怎么看当今画价飙升这事。李津道，一尺小画就卖十万几十万，那不是藐视人民币吗。是呀，这年头就连最牛的美国人都不敢藐视人民币。李津说，欧美的收藏体系比较成熟，画价升降比较理性，不像中国的画价，这个月五万，下个月就可能十五万。弄得画家直犯晕。

李津常去美国、德国等地讲学、画画、小住，热狗、咖啡也能吃得惯，特别是粉丝比较多，他的画，蓝眼睛也能看得如醉如痴。因此，可以说李津是美术界的刘翔、姚明，属于为数不多的真能"冲出亚洲"的画家。

李津在天津美院教书，而工作室却安在了北京，李津喜欢北京的艺术氛围，既国际又包容，他说在这里画画很舒服。2012年来了，他也不担心世界末日的降临，还能气定神闲地弄他的"拼盘"，我猜想，可能是他对西藏的地形比较熟悉，潮水来的那一刻，也能轻车熟路地赶上那艘逃难的大船。我跟他约好，届时，可别忘了叫上我。

金丝楠与文人画

画家明瓒坐在帕萨特的后排，窝在一个楠木琴凳的中间，头朝前看着，有点鬼子进村的架势。二百多斤，虎背熊腰的汉子，硬是从高碑店挺到了我家院里。明瓒把琴凳往我画室一放，不仅脸上没有受苦受难的表情，反倒笑眯眯的，像得了一件宝贝。

原来明瓒在一家店里淘到两个琴凳，一个留着自用，一个帮我买来，说是与我气息相和。我仔细端详，这是个门字形小凳，整板，两边雕刻鸟形福字图案，色彩沉稳，做工极精致，手摸如婴儿皮肤般细腻，是老东西，惹人爱。明瓒有很深很全面的传统积累，诗书画印家具古玩无所不精，他眼力好，买来的东西错不了。明瓒指着我家的红木、黄花梨等家具说，这些统统都换成金丝楠的吧。为什么呢？

明瓒举例说，像明代的文徵明等文人画家，当时都喜欢用金丝楠木家具，以示与皇家或达官贵人钟情红木、黄花梨、紫檀的区分，觉得那些木头太俗。如此一说，我忽然觉得身旁的家具庸俗起来，你看那黄花梨吧，浑身鬼脸，仿佛在嘲笑穷人。红木吧，冒着富贵的光泽，仿佛是个暴发户的酒肉红脸。紫檀就更糟了，总黑着个脸，仿佛深不可测，拒人千里之外。还就是金丝楠木看着顺眼，亲近人。

文人画家为什么如此痴迷金丝楠？主要是此木性温如淑女名媛，不像其他木头，遇北京干燥，暴跳如雷咔咔干裂；见江南潮湿又自我膨胀，像个愤青。而金丝楠则有忍耐力，有定性，且细腻低调婉约，这与中国历代文人的品性与追求十分吻合。新文人画家边平山是这样评价金丝楠的："有绸缎感。"

明瓒马上要迁入新居，全部家具都要买成金丝楠木的。第二天，他又从吕家营拉回三件，其中一件是他喜欢的小书匣，精致而文气，像是鲁迅装过书稿的样子。另外一柜一桌搬入我家，说适合我用。成色气息都绝佳，令人爱不释手。我跟明瓒讲，如此买下去，我会破产的。明瓒憨憨地笑道："多画几幅小画嘛。"

金丝楠正在文人画家中悄然走红，一帮画画的，冒着破产的风险，义无反顾地向金丝楠挺进。

于水　金瓶梅人物——庞春梅　33cm×33cm　纸本设色　2014 年

看陈平的好戏

　　黄公望的苦难是这样开始的，一出生就落得个穷人之家，父母无力养活儿子，只得送给黄氏，改名更姓。黄老先生倒也是知书达理之人，一心想培养儿子登科入殿，光宗耀祖。对于黄公望这个天才画家来说，头开得相当辛苦，身世也有点像乔布斯，在养父家长大。没办法，"天降大任于斯人也，必先苦其心志，劳其筋骨，饿其体肤"——应了孟子那句话。

　　更倒霉的是，黄公望千辛万苦地给贪官张驴儿当个"财务主管"，不料驴儿甚蠢，贪污事发，无端地被牵连入狱，幸遇判官明察秋毫，黄公望得以平反昭雪逃过狱难，但仕途从此中断。正当心灰意冷在街上闲逛之时，遇到一对父女在街头卖艺演木偶戏，小姐不仅唱功了得且花容月貌，更重要的是，懂得怜惜英雄，给坠入人生谷底的黄公望做了耐心细致的思想工作：您何必一条胡同走到黑呢，参得透便可获得自由自在的人生。这是黄公望人生的重要转折，后面便好运连连了。英雄总是在走投无路的当口遇到美人相救，如果缺了这一节，才子的人生就太乏味了。这是陈平《富春梦》第一折的故事。

黄公望放弃了仕途，改学易经，以卖卦算卜为生。可以想象，一个书生，沿街卜卦，生意相当惨淡。正在长吁短叹之时，神仙出现了，八仙中的张果老、钟离权化装成渔樵两翁，引黄公望至何仙姑开的酒馆吃酒。最奇特的是，神仙们设了一个局考验黄公望，看他能否抵御美人诱惑而一心入道。何仙姑扭着姣好的身段，晃到黄公望面前，既然相公仕途不顺，倒不如跟我成家生子过日子来得快活。此言一出，观众全都笑了。面对眼前这位仙女，黄公望出人意料地拒绝并表明入道之决心。若换作我，肯定过不了这个美人关，立马顺水推舟地中了计。我猜想至少有半数中国画家也难通过考验。其实这也无可厚非，许仙当年也没禁得住白蛇的考验呢。黄公望闯关成功了，不愧是成就大事业的人。于是何仙姑赠一"大痴"的名号一杆紫毫笔，以助黄公望画山水。"神来之笔"这个词，大概就是从这儿来的。我心里真佩服陈平，编得太有才了。此为二折。

第三折是说黄公望在富春江上荡舟，与大画家吴镇、王蒙、倪瓒相会。四个人的聊天,从范蠡到披麻皴,从师法自然到中得心源,这简直就是一部中国山水画论。每一句对白唱词陈平都做得相当专业,戏编到这份上,只有山水画家才能完成。最好玩的是,四个画家聊到最后,王蒙道:"不知几百年之后,今天咱们的雅集会不会被编成杂剧。"倪瓒笑曰:"今有后生陈平,把我们搬上舞台了也!"全场观众会心地笑了。

故事到了第四折,重点锁定在黄公望所画的《富春山居图》的命运。技术手段上,时光穿越得比较厉害,先是年过八旬的黄公望,倾心创作《富春山居图》卷,乏了,老画家伏案小憩。时光忽地就过了百年,有夏氏不孝两子,为分家产把《富春山居图》撕成两半,黄公望梦中醒来,见自己的心血画卷被撕断,心如刀绞,正百般无奈之际,何仙姑驾到,经过仙女一番调解,夏氏两子,又和好如初,把《富春山居图》卷拼到了一起,全剧到此圆满结局。因为一卷山水画的打斗分合,而暗指两岸关系的分合命运,此剧就升华了它的高度。共产党和国民党这两个兄弟,1949年分家两岸各存半卷《富春山居图》,去年终于合璧展出,撮合这事的中间人,居然就是八仙中的何仙姑,这是陈平的神来之笔,既是"富春梦",解梦用个神仙帮忙,也合乎中国人的审美习惯。从推动两岸关系上讲,陈平此戏可谓用心良苦,应该当选文化艺术的亲善大使,并被历史所记住。

故事共四折，没有太过惊艳的情节，但当我们坐在国家大剧院里，听这出昆曲的时候，震撼就来了。舞台布局有点韩熙载《夜宴图》的样式，顶上有一片古戏院的雕梁画栋，中间是画有《富春山居图》局部的屏风，屏风两侧有几扇宋式晴窗，八位乐师分坐在中间和两侧，演员坐在后排，登场换道具都是公开可见，田黎明评价说："这戏才叫中国的大写意！"鼓点一起来，观者就被带入元代，带入梦里。

我最早听昆曲是在颐和园的后山，那种咿咿呀呀，一波三折，一唱三叹哆哆的腔调，比如今的海豚音要有韵味多了。仿佛来自远古之音，在老佛爷的梁上绕来绕去，直插心底。今天，在大戏院看《富春梦》，演员一开嗓，这种绕梁的感觉又来了。仿佛给身体做一次透析，人变得清澈纯净而飘飘欲仙，什么高房价、塞车等等世俗的烦恼都甩到九霄云外去了。跟着陈平的词曲旋律，我梦游了一夜。

画家齐白石痴迷昆曲是出了名的，但他老人家不编曲目，没有留下杂剧传世。陈平是画家中痴迷昆曲的传承者，受到于少非《张协状元》的启发，二十年前就编了杂剧《画梦诗魂》在向阳屯演出，我和田黎明、朱新建、老十、许俊等都欣赏过，当时觉得，一个画家，编出昆曲玩玩，过了戏瘾就罢了。

没想到，陈平一痴就是二十年，竟然将戏演到了国家大剧院，而且还要到上海南京巡演，弄得风生水起。何家英就感叹："陈平做事很执着，你想说服他，那绝不可能。"相识二十年，我也有同感。除了何仙姑，大概就没人能说服他了，神仙的面子，估计陈平还是会给的。执着的人，才能成就大事，《富春梦》填补了昆曲写画家故事的空白，因此，文化部副部长王文章先生给陈平的题词是：画韵昆声。

一部《唐伯虎点秋香》推动了中国人物画的普及，但也留下了"画家风流好色"的口实。陈平的《富春梦》不仅推动了昆曲与中国山水画的发展，而且，剔除了"点秋香"的副作用，让人们看到了画家高风亮节，不好色而好山水自然的一面。对人类精神境界的提升，陈平功不可没。

南京访乐乐

　　一幢幢欧式小楼掩映在绿树中，车一开进小区，仿佛从喧闹的南京城到了意大利小镇子，气氛马上安静下来。远远地看见，九爷（徐乐乐老公）已站在小院门口迎接我们，吴立平刚要一一介绍，"都认识的"。九爷一转身，把大家直接引进了门，省略掉握手寒暄这道程序。

　　人未见，乐乐的朗朗笑声先传过来。老朋友几年未见了，又自北边来，高兴自不必说，场面之热烈，好像没有序曲，直接进入华彩乐章。开门见山，先说动物。乐乐自创一词叫"画画的动物"，她把常进、朱新建、周京欣等都归入此类，看见纸笔就像猫见着沙发，不练爪就难受一样（并非是故意破坏家产）。我说，你也是"画画的动物"，脑袋里除了画画的事，就没别的了。乐乐笑着点上一支细细的烟。

乐乐喜欢点评身边的画家，比如张三画人鼻子没鼻孔啦，李四的人物鼻孔朝天啦等等，几乎是单刀直入且能入木三分。因为善意而真诚，怎么评大家也不恼。乐乐又把画家分为两大类：一是聪明的有画准的能力；二是笨的，有画不准的趣味。她是第一种却偏爱画不准的笨的那一类。一次韩羽问乐乐，你说我是属于聪明的还是笨的，乐乐只笑不敢讲，韩羽说："我是聪明的"。其实聪明和笨画到极致便是好，殊途同归的事。一个是大智若智，一个是大智若愚。于是，有人夸徐乐乐，您是大智若愚！乐乐马上反驳，现在哪有大智若愚，若能大智若智就不错了，你没看见，满大街的大愚若智么，大家哄笑。这也给我敲响警钟，不能大愚若智地到处抖机灵。

乐乐带我们上二楼画室看她的贴画。虽然我对贴画早有耳闻，据说有出版商想给她出成画册，被乐乐当场婉拒。看到四五个书柜整整齐齐摆满了贴画册，我还是吃惊不小。徐乐乐得意地说："连这书柜都是我设计的。"我摸着玻璃门上的两个交叉斜撑逗她，这代表两根拐棍，你和九爷每人一根吧。乐乐赶紧否定："这是英文 X，是徐的头文字母。"我看问题总是太实用，人家这设计是当代西式的，属 X 系。

所谓贴画，就是把各种印刷品上的，有用的，好的画面剪下来，分门别类装在统一购买的塑料夹子的透明页子里，翻看起来像一本画册，十分方便。乐乐是人物画家，仕女贴画是主项，类也分得很细，比如，头饰册、服装册等等几十大本，还有花、鸟、树、石、山等等大项，比较偏的被徐乐乐戏称为"小语种"，比如，老鼠上灯台，就有满满一册。仇英、徐渭、齐白石的老鼠都在里面"住着"。

徐乐乐痴迷贴画，甚至废寝忘食。有官方展览的开幕式请，不去，有买画者抱着钱在门口等，不画。贴的是如醉如痴昏天黑地，几十年下来，竟贴出了一套美术大百科全书。比中国美术全集、世界美术全集，来得更实用、更丰富。由于是用心贴的，乐乐对内容了如指掌，几秒钟就能在书架中准确地翻到你要的那一页。甚至可对该画加以评论。如果有人记录下来，那就是一部新的"谢赫六法"或《石涛画语录》。难怪乐乐画得好，原来家藏"秘籍"。

我曾经看过朱新建的贴画，也是从杂志上剪下来，剪得东一个头，西一只脚，贴得歪歪扭扭，一手粗活。我早年也贴过，很快就贴乱了，又没有耐心整理，终没有像乐乐那样成体系成气候，只有放弃拉倒。套句广告词："男宝宝和女宝宝是不一样的。"乐乐说，她是把贴画当成女红来做的，跟织毛衣的心境差不多。

聊得高兴，乐乐又把大伙带到三楼看她的秘藏。三楼的房顶上爬着各种各样的虫子，一按电门，亮了，才知道是灯。如同进入了安徒生的童话世界。拉开柜门，里面藏的是乐乐从世界各地淘来的玩偶，尤以德国的一套更珍奇。其造型与制作，透出成人的最高智慧，不像国产玩偶，比小孩子还弱智。乐乐也不纯粹在玩，她的细密画及刚刚画好的动物组画，大概与这些秘藏有间接关系。艺术是玩出来的，这话果然不假。

　　乐乐善聊且趣味横生，聊到高兴处，她便站起身来，手舞足蹈，若演小品，与宋丹丹有一拼。你必须目不转睛，全神贯注，不觉间，一个下午就过去了。从乐乐家出来，大家仍意犹未尽，仿佛故事才刚刚开始。

于水　金陵十二钗册页——湘云　34cm×45cm　纸本设色　2014年

平山与懒窑

边平山的陶瓷工作室离景德镇也就是二十分钟的车程，我们的车下了国道进入很窄的红土路，两边的红豆杉树苗排列整齐，犹如早年欢迎西哈努克亲王的学生队伍。左手是山坡，右手有一湖泊，忽然有一股雾飘过来，景色就隐身了。只一分钟，车便穿过雾气，我们仿佛邂逅了一次时光穿越。一个古村，呈现眼前。几乎见不到村民，除去房上架的电视天线，其他景物与陶渊明笔下的桃花源相差无几。平山的工作室就安在这个小村子的中间。

工作室是一个两进院，建筑保持了江西民居的格局，朴素而恬静。院中种满了野生芋头，其红红的叶茎很可人，因此平山给工作室起的斋号为"红芋馆"。前院房中有工作台，可供各地来的画家们创作青花瓷器，后院是平山个人工作室和起居室。廊柱上有平山手书的对联："三尺剑，一床花"，横批："点绛唇"。平山得意时，真的在院中舞剑高歌，三尺剑是有的，至于"一床花，点绛唇"观者只能停留在对一个才子风流度的想象中，无法考证。

红芋馆的对面是窑口，有两排平房，紧邻一个湖，几个工人正在拉坯，烧窑。平山把自己的窑口起名为"懒窑"。我问窑的主管小范，为何起这么一个怪名字，有点不上道么。精瘦的小范笑了："就因为我早上不起床呗！"小范与平山都属于夜猫型艺术家，听到清晨鸟鸣才入睡，且睡到自然醒。说小范懒还真是冤枉他，昨晚人家又拉了一夜坯。没办法，传统对懒的理解比较程式化：太阳照在屁股上还不起床，那就叫懒！平山是个艺术家，弄个名字都与众不同。

平山除了绘画、雕塑、书法的过人天赋之外，对陶瓷的感觉亦很敏锐，比如他创作的茶具系列，"铃铛"，能把往昔骑自行车的记忆黏在嘴边。"十六岁"则似与二八女子谈一场恋爱，现代的造型设计与古瓷釉水的完美结合，达到了一种扣人心弦的效果。我开玩笑说，捧着"十六岁"吃茶，茶未进嘴，心先醉了。小范告诉我，烧平山的瓷器很难，十有八九会破会裂，因为他不按制陶常理出牌，很多设计都是凭感觉的。懒窑的产品市上没有，大多都送给了看着顺眼的朋友，这有点行为艺术的意思。我曾眼见一大姐，腰扭得芙蓉姐姐了一点，发音林志玲了一点，因此空手而归。去红芋馆、懒窑做客，你一定要注意言谈举止，淑女一点，文人一点，让平山、小范看着顺眼，那样定会有所斩获。

龙年到了，平山特别创作一件"龙樽"，这件作品，有八十厘米高，身上云纹缠绕，樽口处有一小耳，纵观是龙，抬头向上，横看又是牛头，鼻孔朝天，表达一种龙年龙抬头且牛气冲天的吉意，也是当下中国人信心爆棚的一个缩影。樽体釉色古远，温润如玉。在贺岁龙的艺术品中，这是一种最脱俗，最无恶相的好东西。

定窑、磁州窑、汝窑、哥窑、钧窑、官窑、民窑，再过一千年，也许懒窑就排在后面。

（辛卯年冬月，我和二刚、明瓒、孔戈野、高标、水歌、张晓莺等朋友在平山的红芋馆画青花瓷一周，十分畅快。）

石头城访新建

新建住在石头城一幢楼的二层，走上一段露天楼梯，到达一个平台，陆逸笑盈盈地把我们接进家门。新建从藤椅里站起来，与我们一一握手拥抱，面色红润，笑容亲切，大概认出了我们，微微有点激动。我们说什么，他能听懂，或点头或笑，似被病魔阻着，回话有点跟不上。反正都是一些没用的客套话，不回答正好。

大家刚落座，新建忽然伸手，很坚决地指向画室，一屋子人都愣住了，不知什么状况，陆逸马上拉着大家和新建进到画室，她说，新建让于水挑一张左手画的作品。只见画案上摆着已画好的三幅小画，新建拉着我说，挑。我仔细看了一下，告诉他，都画得很好！他高兴地拿起上面一张给我，"这张好！"画的是《东坡先生题诗图》，他又说，"苏东坡好！"显然这幅他最满意。

陆逸跟我讲，只要是画家朋友来看他，新建都会送一幅画，有的来第二次，新建又送，陆逸只好提醒他，"这个上次送过了"。我是第一次来，属于"这个可以送"。

捧着新建的画，我想起一个足球名词叫"盘活左路"。上天总是用打压天才来保持社会和谐，比如凡·高、徐渭就被下了神经崩溃的方子，给新建下的"病方"叫中风，摧毁了新建的右路（右手）和中路（口才），新建满腹的才华没了出口。憋着也不是个事，于是新建尝试左手画画，只一两年吧，就画得是风生水起了，赢得同行们的很高评价，甚至有人抢购了。天才，总不会被轻易击垮。新建刚患病时，韩羽老先生曾眼含热泪感叹，新建是中国三百年出一个的才子！今天若韩老师看到新建的左手画，大概也可以收泪微笑了。假以时日，新建有望成为美术史上唯一的左右两路开弓，两手都够硬的大师。

回到客厅坐定，新建又指向书柜，陆逸心领神会地取来一份怀一主编的《藏画导刊》，坐在新建身边，读起了几年前发表的新建关于新文人画的访谈。大概读过很多遍，陆逸发音跟央视主持人似的，腔正而流畅。新建微笑着听自己以前的话，还不时加以简单的复述评论，一副很满足快活的样子。新建已经不能自己阅读这些东西了，但还是很爱听自己说过的写过的妙语。从前新文人画聚会的时候，新建是绝对主讲，讲得生动有趣，听着过瘾。特别是每逢画展研讨会，有人攻击新文人画的时候，新建只几句话加一个"比如"，就把对方打得落花流水。新建隐约知道自己的口才好，还差点上了《百家讲坛》呢。今天虽不能说了，借陆逸的口，他还是"主说"，只是变得有点像双簧，陆逸在后边出声，新建在前面做表情，逗得大家开心。

新建以前总说女儿长得漂亮，我们大家倒没觉得。今天朱朱就坐在我们面前，新建不说漂亮了，我们倒觉得她美丽而文静，初具"倾国倾城"之雏形。朱朱刚上学时，陆逸曾跟新建爆料，不好了，咱女儿不爱上学！新建说："那就不要上了。""那以后她吃什么呀？"陆逸急了。新建拖出一卷画"吃这个。""那不识字也不行啊！"陆逸更急。新建说，只要她学会写四个字："家父真迹"。我问新建，真要她会写家父真迹吗？新建笑着重复：家父真迹。新建宠女儿，跟他的画一样，真可谓前无古人，后无来者。其实朱朱是个听话的孩子，下午还要去上英语课呢。

至中午，陆逸、新建请大家去餐馆吃饭。新建下楼梯时我忙去扶他，他说不用，自己慢慢走下去，也不用拐杖。

陆逸很大方亦懂美食，菜上了一桌子。新建胃口与病前差不多，家人给夹什么，吃什么，对肉食下嘴更坚决一些。我问他，还能吃猪头肉吗？"能！能！"新建边回答边点上一支烟，烟雾萦绕间，脸上又露出神仙气象。此时，中医的"忌"字显得那样的苍白和不近人情。

烟足饭饱，我们先送新建回家。握别，新建表情有点黯然，看着他走进房子的背影，（背影总是比正面更有感染力。）我心中只有祈福，愿上天悄悄怜悯一下这个绝世才子，给他更多个春秋，在刚刚盘活的左路上得大快活、大自在。

于水　金陵十二钗册页——妙玉　34cm×45cm　纸本设色　2014年

史有国良

　　史国良的还俗，还是让美术圈里的朋友们吃了一惊。起因是这样的，国家画院院长杨晓阳慧眼识珠，相中国良。对于画家，能进入国家画院，那是很高的荣誉与认可。脱掉袈裟，为国家建功立业。石涛当年就没有国良这么幸运，千里迢迢乘舟骑马来到京城，托人与康熙皇帝联系，希望得到皇上赏识，可惜，康熙看走了眼，错过了将一个大画家纳入皇家画院的机会，石涛无奈地回到太湖边上继续做他的和尚。

　　十几年前，国良出家震动美术界。还记得当时我与朱道平、二刚、方骏等朋友去见国良的情景：袈裟光头一声阿弥陀佛取代了你好，感觉相当生疏，但一聊到画画，以前的那个国良又回来了。国良怕大家不自在，当场唱了陕北民歌《哥哥走西口》，随着曲子，朋友们立刻亲如一家。国良待人友善，见面总给朋友玉佛等小礼物，说是开过光的，（估计是他自己吹口仙气），接到开光物品的朋友们，果然至今都安然无恙。我们私下揣摩国良出家原因，不像是失恋、厌世或悲观等等，大概是效仿牧溪、八大、石涛、弘一法师这些著名的画僧，为了更好地画画吧。当时的感觉是，僧与俗，离得并不远，至少，大家都是画画的。假如时光倒退五十年，我们若能与弘一法师做朋友，那定是幸事。

少年学画时，最羡慕史国良，能够拜到周思聪这样的大画家为师，周思聪在我们那批少年心中，就如画神画圣。国良那时是速写冠军，弄得我们心生一恨，恨速写画不过国良！可谓功夫不负有心人，或叫名师出高徒，果然，国良有大成。

国良年轻的时候，有明星相，大家都说他长得像演"钻山豹"的申军谊。没想到，国良真的去找申军谊，两人一见面，申军谊仔细端详，笑了，跟自己照镜子似的，从此成了好朋友。早年，也有人说我像王志文，我就不敢当真去见王志文，怕落个丑化明星的恶名，毕竟长得不自信。能有传奇经历的艺术家，胆识也一定得过人。

如今的史国良，早已名满天下，一尺画就能换辆汽车，但他不买奔驰宝马，不开路虎保时捷，一身休闲装，骑个自行车到国家画院。平静地生活画画，不执不着，无碍无挂，仿佛离如来更近了。

试说北鱼

　　北鱼从中央美院毕业回石家庄的时候，一路跟去了两个同学，北京的边平山和福州的王和平。三个人在一个小宾馆里讨论了三天三夜中国画问题。策划了一个叫南北方的展览，从此创立了中国画的史上最重要的一个画派——新文人画派（陈绶祥先生命名）。二十年弹指一挥，质疑、争议、批判都已烟消云散，画派业已成势。江湖上不少画家甚至标榜自己是新文人画派主力和发起人。而北鱼仍然淡定地打坐，很少提及当年的伟业。这是否可以解读为，武功越高的人越低调。

　　打坐几十年，北鱼是画家中离佛最近的人，他甚至一只脚已踏进了庙门，朋友都怕他成了第二个弘一法师，死活拖住了他出家的后腿。不是习禅学佛的人都能画好画，禅与画本是两回事。但修了身养了性，定会影响到笔墨取向。北鱼写字作画时的运笔，与怀素和尚大致相同，笔速比较快，飞白比较多，初看笔墨若存，细看时，又若无，笔下的猫、石、树、花、山、水，形似是，想确认时，又非。这跟习禅是有关联的，与故弄玄虚有本质区别。至少，我们在红尘中的人，弄出来的东西，往往比较实，若弄成北鱼那种的，就有点脚踩不着地面。中国文化总是博大精深，北鱼的笔墨是从打坐开始的，往上追溯，这样的画家还有牧溪、石涛、八大山人等等。西方人永远都不能理解，一个神职人员为什么要画画，为什么还能画好画。

每次见北鱼我都问他，最近画什么呢，他总是说没画画待着呢。他是画家中最懒得动笔的，至今画的总量与八大山人不相上下。八大一生对清灭明耿耿于怀，因此影响了画画的总量。也没见北鱼有这方面的忧愤，大概打坐和冥想占去了他很多时间，饿了吃饭冷了穿衣远比画画更重要，北鱼是个参透的人。比如我们问一条眼镜蛇，最近咬人了吗？它一定会答懒得咬。对蛇来说，捕食比咬人更重要。平山说，动物天生就有佛性。换个角度讲，眼镜蛇的毒一直存着不咬人，毒就比较剧，一开口人就吃不消，这也许是北鱼一出手笔墨就比较厉害的原因吧。

试图解读北鱼的人和艺术跟说禅一样困难。佛告诫我们：

一说就错！二月书坊的编辑让我说说北鱼和他的画，这是一个"明知山有虎，偏向虎山行"的活儿，说错是一定的，所幸北鱼像佛祖一样慈悲，错就错了，反正到头来一切都是无。

于水　金陵十二钗册页——可卿　34cm×45cm　纸本设色　2014 年

要中就中"美人记"

　　三十六计摆在面前，假如，你必须要中其中一计，你将如何选择？相信，天下男士大都会选美人计，且会中得是心甘情愿。战争年代，中计的后果很严重，不是全军覆没，就是砍头上电椅。得有一点"宁为花下死，做鬼也风流"大丈夫的豪气才行，不是随便什么人都能吃得消。

　　用不太高尚的说法，荆轲何必"壮士一去不复返"地刺秦王，还不如中个美人计，落个死得快活。

　　中了史上最牛美人计的是吴王夫差，因一个西施丢了江山和自家小命，但那个中计的快活是胜者勾践不能体会的。勾爷徒拥有了天下，西施已不可复得，看见谁家的丫头都不顺眼；可怜又吃过夫差的屎，余生恐怕看着香肠都恶心，再无幸福可言。如此一比，还是中计的夫差比较开心（就是格调低了一点）。

陆虹在南京"澄怀"馆策划了一个"美人记"画展，于是我与朱新建、范扬、雷子人、李桐等爷心甘情愿地"中记"，同时"中记"的还有女画家徐乐乐、杨春华、陈子等。估计到9月10日画展开幕那天，"中记"的观者将不计其数。好在，这个"美人记"只是"纸上谈兵"，后果很不严重，中计者顶多浪费半天时间看个展览，最严重也就是破费点银两，请幅"美人"回家把玩。比起前辈夫差及那些中了军统、日本鬼子美人计的党员们，就安全得太多了。

一个男人，一辈子没中过美人计，也许是个不小的缺憾。

魏晋高度

一

稽康拎了两坛老酒，邀了阮籍、山涛、向秀、刘伶、王戎及阮咸六人进了竹林，不大工夫，便喝得东倒西歪。这个酒局被史官记录在案，成就了"竹林七贤"这个专有名词并名垂千古。事情并没有那么简单，一千多年来，能喝到烂醉如泥的画家比比皆是，但能有几人被称"贤"被传颂呢？

这七贤绝非等闲，个个学富五车，开口便是老庄，讲究衣着行止；好美食（食不厌精，食不厌细）；好美容，甚至冒着生命危险食用（有毒副作用的五石散，比迪奥、资生堂猛多了。）；表情上也有要求，不喜亦不怒。爱发火或笑口常开，都不行。治国之才可至卿相，仕与不仕，无挂无碍。最有风骨的是嵇康，朋友推荐他去做官，他不仅拒绝，甚至跟这个朋友一刀两断。就是这样一帮子奇人，确定了中国士人、君子的标准：高洁的内心质地与飞扬飘逸离尘的风度。因此，"竹林七贤"，还真不是浪得虚名。

这些贤人，不仅仅会喝酒，其中不少是书家画家。做人既已到如此高度，画还能不高吗。尤其是魏晋人物画，对后世影响深远。那些伟大的作品和线条里埋藏着文人画的初始密码。

二

顾恺之为了证明自己人物画的传神，曾干过一件很不靠谱的事。他看中了邻家一女孩子，索爱，被拒。于是愤然提笔画了一幅她的像挂于家中，并在其心脏处扎上一根针。不几日那女孩便心痛难耐，求医不治，病危之时，顾恺之踱过去，道出缘由，那女孩为了活命只得就范。顾恺之拔针，女孩果然康复。这个故事被流传下来，成为顾恺之人物画传神之铁证。以当今民警看来，顾恺之也就是一使用妖术骗色的流氓，拘留甚至劳改。生活总是对画家厚爱一点，流氓这个词到了画家这里就变成了风流，甚至后面还加个才子。顾恺之不仅平安无事，而且，因此成就了他的"以形写神"的中国人物画理论。

"以形写神"也是当今人物画家推崇的一个基本原则。至于这个"神"能"传神"到什么程度，已经不能用顾恺之那种"针法"来验证了。比如，某个画家喜欢上了舒淇，被拒。也画一幅她的肖像挂在家中，也往其心口摁一大头针，就算舒淇也心痛，到医院，搭个支架就 ok 了，也轮不到画家凑过去。人物画家的"传神"功能肯定与实用医学没的拼。

在魏晋画家中，顾恺之的名气最大，有《女史箴图》《洛神赋图》等传世，不仅仅是靠一个"扎针索爱"的传说，他老人家画得是真好，我常把它当作人物画的一个标杆，能达到这个高度，那是一辈子的功课。

双柿草堂访世南

　　迎面两棵柿树一个柴门，柴门上方匾中写有"双柿草堂"四字，是李世南先生手书。有点杜甫草堂的气质，低调而平和。正逢深秋，树上柿子累累欲坠，呈现出老舍"丹柿小院"的景致。

　　进了柴门，就是李世南的工作室，这是一间酿酒的老厂房，只是简单喷了一下大白，很简约，很朴素。房子中间摆了一张巨大画案，足有四个双床大小。南墙两架书，四角有灵璧石数块，右手地上摆了十余坛老酒，氛围相当现代，与通常国画家的画室很不同。

　　主客在画案边的圈椅上坐定，戏剧家张永和也在场，大家聊起了笔墨。李老师喝了口茶道，他目前的笔墨就是现代的，而非传统文人画，或写实主义。说着，从里屋抱出一卷最近创作的画给我们看。画面中的人物、山水用同一种笔法，有点近于抽象和构成的意味，李老师解释说，他想表现山人合一的感觉，一种当下的"山居"理想。人与山融合得很自然，勾线与着墨设色已接近大写意的极限。这跟我前一段见到的画完全不同，像换了一个方向。

二十年前我和老十、陈平、新建曾聊过画家的类型问题。画家大致分为两种，其一是忠贞不贰型，就是找到自己的绘画语言风格并坚持到底，比如黄宾虹、李可染等；其二是喜新厌旧型，创造一种风格，又很快否定它，并开始新的探索，比如毕加索、李老十等。哪种更好呢？第一种比较稳妥，但容易僵化不变；第二种比较有活力，但有风险。李世南承认，自己是第二类，喜新厌旧型，也叫不安分型。李世南从陕西起步，后到武汉又到深圳、绍兴、河南、北京，似乎总不能在一处定下来。艺术上，先是写实主义，而后大写意，并以《开采光明的人》红遍大江南北，再后来转向传统，今天意在综合。李老师比喻说，就像挖井，有的画家一辈子挖一口井，打得深，最终获甘泉，而他是打一口，再打另一口，如此往复，乐在其中，把过程当甘泉。我端详，七十开外的李世南讲这番话的时候，仍然血脉贲张，激情饱满，像个二十多岁的艺术青年。

李世南早年拜石鲁为师学画，他的"不安定"的形成大概跟石鲁有关。石鲁是长安画派的领军人，属于那种用心潮去创作并永不满足的画家，历尽坎坷而不停笔墨探索，生命停在了艺术的半路上。但这并不影响他成为一代中国画大师。石鲁教给李世南的笔墨技法固然重要，但老师的心性对学生的影响既深且远，李世南在石鲁身边得到"秘传"，取了真经，使他成为石鲁唯一最有成就的学生。

每次与李世南见面，他都在谈艺术、笔墨，仿佛心无他物。我好奇地问，如今画家见面，一握手，问的是：哥哥吃什么补药？（三十年前问吃了么，二十年前问买什么车，十年前问买什么房。）怎么从来不见您聊聊这方面的话题呢？李老师笑，聊那些有啥意思，我不怕死，生命在任何时候停下来，我都会很满足。我很吃惊，人越老越怕死，尤其是银行账户超过八位数，门口还停着卡宴、Q7的人。李老师告诉我，他是死过两回的，一次中风，一次心脏停搏两分钟，他形容，感觉就是仙游梦境，耳边还响起古琴的乐曲，十分美妙舒服。如此情景大概与佛祖们圆寂时有些相似。我没有死过，但我相信，这是一种禅境，一个心无旁骛的艺术家把读书、笔墨当作诵经禅修所达到的至高境界。

我忽然觉得，眼前的李世南有点像超越了生死轮回的罗汉。

于水 金陵十二钗册页——黛玉 34cm×45cm 纸本设色 2014 年

说钱选

　　四十岁的钱选遭遇了历代文人最烦心的朝代更替，摆在他面前的只有两条路：仕，或者不仕。钱选毫不犹豫地选择了后者。而他的画友赵孟頫，顶着众人的骂名，挺不好意思地去上朝做了大官。从此元代诞生了两个不同路数的大画家。

　　单说钱选，选完不仕，又有两个选项横在面前：与新朝廷为敌，愤恨一生；或者放弃兴亡抱负，进入生命的逍遥状态。钱选又选择了后者。他没有像屈原、八大山人那样，一生都耿耿于怀，"翻着白眼"看世界。而是"不管六朝兴废事，一尊且向画图来"。不是说钱选没心没肺，这位南宋进士，厌恶元朝廷不说，对南宋也是失望至极，有点像国民党老兵骂蒋介石——恨铁不成钢的意思。好在，钱选灵活通便，不是一根筋，这个仕途的游戏玩不下去，咱就放弃，一心画画去了。

铺陈这么多，就是想挖挖形成钱选士大夫画风的一种特殊的"土壤"。钱选有士大夫的资质和文化修养，且不被"仕"所耗损。生命的全部都倾注在一枝花一棵草的描绘上，生动、真诚而有绵长的余韵。从宋人花鸟的现实、自然、辉煌向主观、情绪化、冷清、凄美迁徙，在一步一回头的留恋中，在一笔一墨的传承中，不自觉地揉进了自己的生命感悟。钱选又善题跋，诗又绝佳，拓宽了花鸟画的空间，开创了元代花鸟的文人画格局。这种文人画是一种有"士气"的文人画，与逸笔草草的文人画并非一路。因此钱选是一个划时代的有贵族气的"士大夫"画家。

　　现在我们已经无法知道钱选当年是怎样地喜欢女孩子，怎样地"十年一觉扬州梦"了。但看他"八花图"，仍然能隐隐约约嗅到"秦淮八艳"的脂粉气。折枝花，那是一种刻骨铭心的婉约，有一点贾宝玉一生只"为妹妹们而活"之情，一生只有"花落子满枝"之叹。源于生活，而又不直白地道出来，这就是钱选花鸟画独特的精神表述。

　　对文人画笔墨的认识，钱选可谓独特。他的用笔很规矩，一笔一笔很有秩序地写出来，甚至秩序得近乎理性。不张扬笔墨的掌控能力，不显摆强大的书法功底，不拿大腕的架势，没有江湖腔调，无意摆弄文人的风流倜傥，就像一个有修养的名士，说话轻声细语，娓娓道来。画面看上去有些朴实、谨慎、消极。但这种有教养的胆怯或羞涩的心性所呈现出来的文人笔墨，正是我及身边诸多画家朋友喜欢钱选的缘由。

宋饼 1942

　　保利的艺术顾问王骁从广州来，很谨慎地从袋子里掏出一个小宣纸包："一百三十万一个的宋饼，七十年前的老茶。"我亦很小心地把纸包打开，茶叶极干，极易碎，呈黑褐色，有点像百年老房顶棚上拆下的苇席。闻，老仓库的味道已经压过了普洱茶的茶香。将茶轻轻倒入陈平二十年前刻的紫砂壶中，上好的矿泉水加上真如堂的青花小瓷杯。这是我冲泡过的最贵的一泡茶，一切都要讲究。好像往两万块钱上浇开水，把壶的手略有些发抖。林海钟告诉我，冲这种好茶，一定要贴着壶边下水，动作要轻柔，茶是有生命的，要像抚摸少女，这样她才能把表现最好的一面呈现给你。

　　平山曾经跟我形容喝百万元一饼百年老普洱的感觉，"一口茶下去，脚底和头顶同时冒出细汗，全身仿佛都通了"。当我将这杯七十年前老茶端到嘴边的时候，心已被平山的这种说法所控制。一口下肚，左等右等也不见脚底和头顶出汗，难道差了三十年茶力还不够？抑或我身体老朽，实难打通？总之，汗是没冒出来。

此茶所以叫宋饼，是因为光绪初年建茶庄的老爷姓宋，人称茶庄为宋聘号，其茶饼被皇家定为四大贡茶之一，也就是说，它的生产订单大多来自于故宫。光绪、慈禧太后，大概是喝过宋饼的。而汉人官员刘罗锅、纪晓岚等好像更钟情于碧螺春、龙井，对这种游牧民族喜欢的粗茶饼子不会太感兴趣。画家溥心畬是溥仪皇帝的亲戚，家中难免会存有少量老茶饼子，齐白石来家做客，招待用茶，大概就是太后当年定制的宋饼。

我面前茶壶里的宋饼，上推七十年应该是1942年，当时茶庄里的皇家订单早已变成了权贵的名字，比如国民党重庆方面的（不会是蒋介石的，因为他一生只喝白水），宋美龄及四大家族的，军统上海站的，汪伪76号特工总部的，日本特高课土肥原的？有一点可以肯定，那绝不会是毛泽东的，当时的延安，仅有的财政支出用来购买盐巴、盘尼西林及武器弹药都还不够，绝不会订宋饼来享受。也许，由于日本鬼子的封锁，这批货没有及时送到货主手上，就积压在了茶庄的仓库里。我们今天喝到的，究竟是何方神圣预定的茶饼呢？这恐怕已成了千古之谜。

喝红酒讲究的人，对酒的年份特别重视，比如某年的阳光、雨水、气温、甚至风速对该年葡萄生长的影响等等都要调查个究竟。好茶大概也应如此。我查了一下，这个宋饼生产的那一年是马年，按常理也应是个风调雨顺阳光普照无污染的好年头，但是，日本鬼子于当年 5 月打进了云南，占领了腾冲古镇。高原的茶树也见识了日本飞机的盘旋与轰炸，炸起的尘埃与炸药的飞沫会落在茶叶上。铁蹄之下的采茶姑娘，心情不会太畅快，叶子采得潦草一些是在所难免的。1942 年的宋饼，不应是绝代好茶，但它的时代印记则是绝世的。

我端起杯子闻了一下，与一般普洱茶相比，陈味更重，或者说，是一种老库房的味道。茶汤呈"女儿红"陈酿之红色，极其沉稳，透彻诱人。抿一口，库房感在嘴里舌尖弥漫开来，仿佛进入尘封已久的军统文件柜中，霉味极重。无半点茶苦茶香或回甘，更无生普之青涩，犹如一个七十岁老者，火气全消。十几泡喝下去，只记住了霉味和尘土味，但心中装着这茶的价格，就必须认为这是至尊的享受，就必须认为这库房的霉味就应该是人间至味。可是要往这上面说服自己，还是挺困难的。

七十年前的味道，只能在博物馆、影视片里看，在歌曲、故事里听，毕竟"梨子"的滋味只能停留在描述层面。只有喝到了这壶宋饼，你的舌尖腑脏才能真真切切地感受到那个刀光剑影年份的烟火味道，这个时空穿越或时光倒流的消费，一百三十万一饼，应不算太贵。

唐寅与美人图

　　秋香就只那么毫不经意地回眸一笑，唐寅的魂便被勾走了。于是，有了《三笑》的电影，有了唐伯虎点秋香的传说。韩羽问我："你知道唐伯虎点的秋香是谁家的丫鬟？"我茫然。"那是华君武家的。"我一查，电影里那个大户果然姓华。世界真小，闹了半天，大伙都是美术圈子里的人。家里最漂亮的丫鬟被唐伯虎点走了，华君武老师也不生气，这事毕竟是太太太祖家的事儿，时光过去了五百年，秋香也早变成了图画。

　　今天，我们仍能从唐寅的《王蜀宫妓图》《秋风纨扇图》《百美图》中寻到秋香的倩影。那美人之回眸一笑，"花下销魂，月下销魂"；那沉鱼落雁之倾城倾国，"行也思君，坐也思君"，那花开花落之怜玉惜香，"千点啼痕，万点啼痕"。唐寅把刻骨铭心的生命体验，用南宋院体的技法一笔一笔地写出来，人物脸部采用"三白法"，艳而不俗，真诚感人。唐寅把一个男人对女人的理想密码全部装在画面里了。每看一次画，就像跟在唐寅屁股后面点了一次秋香。这样的作品，传世是一定的。

真实的唐寅可能没有电影传说里的唐寅那么风流快活。虽然诗名列江南四才子，画名列吴门四家，成就辉煌，但一生三娶，前两次不如意，最后一位九娘，才有点秋香的影子。最糟的事是，仕途上跟错了宁王，发现其图谋不轨时已无法抽身，只好装疯裸奔，才得以解脱。一个画家一丝不挂地在大街上跑，除非是美院的裸体模特正赶上地震，正常人，想想都能惊出一身冷汗，比死都难堪。唐寅老师大概心里有了阴影，或者生活有些潦倒，只活了五十四岁。

才子配佳人是中国传统文化的特殊审美，若帅哥配佳人太苍白，财主配佳人又太俗。配佳人的资质至少是精诗文、工书画、晓音律，唐寅符合条件，因此才有了点秋香的传说。

于水　金陵十二钗册页——李纨　34cm×45cm　纸本设色　2014年

"唯一"的奢华

　　女人爱首饰就像老鼠爱大米。饱有美人缘的边平山又讨好了女人，他设计了一批首饰，绝对达到了女人的惊叫级。用石器时代斗兽武器，战国青铜箭镞，汉代螺钿，西藏天珠等珍稀材质制作成极端时尚的项链、手镯、耳钉，巧妙地组合与穿制，使这些价值连城的物件产生新的语境和散发出幽幽醉人的光泽。平山解释说，这些饰品，每一件都是用数千年的遗存孤品组成，绝无重样，因此这个系列取名为"唯一"。

　　世界最奢侈的珠宝设计，也只能让人记住钻石的克拉数字，宝石的原产地，但红山石器、战国的青铜箭头，汉代的玉器，打入人们视觉的却是一种强烈的最奢侈的文化符号。这些符号来自远古的纯手工制造，经过岁月的打磨和把玩的包浆，具有了生命的特质。边平山是把握这些材质的高手，他用艺术家独有的慧眼，用装置的观念和浪费的态度，给这些珍宝以英雄美人式的绝版组合，其高尚文化品格和质朴的生命气质是对世俗奢华的一次颠覆。

　　细看平山的这些设计就会发现，饰品的大小、左右、上下是不均衡的，左侧可能放上三段已钙化的鸡骨白玉管，右侧则穿一粒绿松石。平山说，这样的设计构想是来自女人体的结构，明亮的一颗绿松石恰好落在女人的锁骨处，把观者的视线一下吸引到女人体最美的点上，点到为止，只有打破平衡、出其不意才行。平山爱女人，对女人的美穴，就像老中医对穴位那样了如指掌。洁白的脖颈，爽滑的前胸，柔性的后背，一切设计都直奔主题，毫厘之间的把握与拿捏，老辣独到的失衡设计，点中了女人的美穴。边平山称，创作这批首饰是他的一次高潮。

　　边平山早年在中国顶级奢侈场故宫熏染过，十年前又客居最具西洋奢华的上海滩，因此"唯一"系列的创作是两种截然不同奢侈的再发酵，奢得更醇、更彻底。几天后，平山将在上海举办他的"折服"婚纱系列和"唯一"饰品系列时装发布会，他的这些饰品将在T型台的模特身上散发出远古奢华的光辉。

于水　金陵十二钗册页——探春　34cm×45cm　纸本设色　2014 年

数百人中了"美人记"

画家在展厅喷有画展名字的背板前一字排开，徐乐乐、雷子人、崔进、陈子……射灯打在脸上，有点灼热，就算是最蜡黄的脸也呈微醺气色，中"美人记"吗，总该是这样脸红心跳的才对。我放眼一望，展厅挤满了观众，足有数百人，其中有不少气味相投的画家朋友，刘二刚、陆逸，雷苗、姚媛、吴思峻等等。美女主持让我代表画家讲话，徐乐乐马上警告说，要快讲，否则会把人站得昏倒。很多画家都怕开幕这种仪式的站立，一层一层的领导讲话，画家讲话，剪彩等等，上点岁数的画家还真有点吃不消，南京有两个画家为了免去此站，决定终身不去中国美术馆办个展。此站非小事呢！

我只讲了三句半，一是感谢大家不辞辛苦、无怨无悔、心甘情愿地来"中""美人记"；二是感谢吴立平先生、陆虹女士为我们谋划了这么美妙的一"记";三是曾有秦淮八艳、金陵十二钗的南京是施展美人计的最佳城市;半句,敬请批评指正。

没有领导讲话,没有剪彩,没有花篮等多余的东西,十分钟,开幕式结束。简单而现代,与澄怀美术馆的当代气质完全一致。简单并不影响展览效果,有一个画家画的美人,二十万元一个,且当场订完。请一个"美人"回家比当年约会秦淮八艳还贵,这中计者真可谓是不爱金银爱美人的英雄。

画展还出现了一个小插曲,离开幕还有五分钟,徐乐乐到场,急急地问我,她有一本白描人物册页,还来得及看吗。这本册页我早有耳闻,是徐乐乐自己特别得意的作品。当然要看!乐乐的先生九爷马上返身去车里取册页。乐乐要吴立平馆长给找个安静的地方,只能给于水、陈子、雷子人看。吴立平让服务生打开澄怀美术馆的范扬工作室,在范扬的画案上,展开册页,十幅白描人物,画得精致生动,令人拍案。乐乐边看边讲解,其中最得意的一幅,几根线,把美人香背勾画得妙不可言。看大家喜欢,乐乐点上一支烟,脸上浮现出打吗啡般的幸福神情,她说,对大众的展览没得意思,最好的就是几个画家把自己得意的画,拿来一起看,那才过瘾。乐乐天生就是一个本真画家,一点装都不要。

参展画家只有范扬、杨春华未到场。范阳短信我，他在清华大学给百余学子讲课。杨春华短信我，她在上海陪近百岁的父母过中秋。一个是为江山社稷，一个是为父母孝心，都脱不开身，此事古难全。错过了"美人记"，不知会不会留下缺憾，好在有佳作展在那里，也许"此时无声胜有声"。

乌篷船

　　何辉一脚踏上来，乌篷船猛地一沉，船工吓了一跳，忙命令：坐在中间！何辉开玩笑说，这船沉得了么？左一屁股又一屁股地试，只见小船如遇海啸，剧烈摇摆，险些进水。玩了一会儿，何辉终于老实地坐在中间，乌篷船在船工两脚蹬踏中慢慢划入绍兴千年古河道。

　　很难想象百年之前，鲁迅、秋瑾等仁人志士，就是乘着这样一叶扁舟，满怀救国救民之志，从此地出发，奔向杭州、上海、北京乃至巴黎、东京。幸好鲁迅他们的身型瘦小，若是有俩何辉老师这种大块头的，不小心翻了船，中国文学史、中国近代史还得改写。

　　两岸粉墙黛瓦，头顶上一会儿一座小桥，除了岸边人物的着装与粉墙上的空调，景致与鲁迅他们所见的应无差别。何辉乐道，我们有福，连天上飞下的细雨都是一样的。

何辉给过小费，船工老哥心情显然比启程时开朗了许多，用夹生的普通话介绍两岸风光。这是勾践家，这个是鲁迅家，由于船不能停下来，我们也只有过"家"门而不入了。反正主人不在，看空房子有何乐趣。船工大约六十左右年纪，黑且瘦，脸上的纹路似有鲁迅的影子。我问他是绍兴人吗？"是，但是从乡下上来的。"噢，也许是吴妈或者阿Q的后人。

离行程结束的码头还有百余米，忽有戏腔从船尾飘过来，咿咿呀呀的似越剧，又有点"娘"腔，虽听不懂所唱内容，也能感受到那荡气回肠的意境。回头一望，船工老哥一脸婉约，目光极深情。"红酥手，黄滕酒，满城春色宫墙柳……"此兄是否也有陆游之憾，一时触景生情，想起年轻时唐婉一般的表妹来。

乌篷船，仿佛是一叶在时光隧道中划来划去的小舟。

一笔决胜

　　吴悦石先生每晚上床之前必先作画，卧室置一小型画案，宣纸裁成一尺，摞至等身。画好一幅就摆到地板上，直至整个卧室铺满方睡，伴墨香入梦。第二天起床，先将好画挑起，次画撕掉。人不出卧室，接着画，再往地上铺，直至楼下喊："吃早点喽"，（是"何书记吃元宵喽"的声调？）才肯搁笔。如此往复，数十年如一日。吴先生，六十有七，早已是名满天下，（画展开幕日，二月书坊爆满，人差一点儿从阳台飞出去为证。）按说，已有资格躺在"功劳簿上睡大觉"了，却如此在睡前醒后跟笔墨过不去，实在是令我辈惊讶与敬佩。吴先生讲，笔墨之事，应该是活到老，学到老。我理解，大写意中国画其笔墨的胜负成败，只在那一两笔之间，犹如武林人的比剑，那封喉的一剑，是终生的练习与修为。以吴悦石先生的指画展为例，作品尺幅小而气场大，笔简而意远，一笔一墨间，似能看到那"封喉"的剑影，又好像"一指禅"的功夫。

吴悦石先生善诗词歌赋，书法、画论亦好。如此深厚的国学底子从何而来？吴先生讲，大清灭亡后，一些翰林退休在家，闲着没事就教小孩玩。要在其中，吴先生应该算是"福娃"了，当时的一个翰林还不顶现在的十个博导，这样的童子功能不扎实吗。

吴悦石先生善酒，饮起来有一种"对酒当歌"的气概，跟他的大写意人物画似的，豪放，近痴近癫。但他的分寸拿捏得很好，没有烂醉如泥，没有失控的笔墨。大写意中国画其难度也在于此，过一点就真疯掉，差一点，又像是在装。

纵观吴悦石先生的画，真诚的豪放与淳朴的写意，让人感到很舒服、很自然，甚至感到了与梁楷、牧溪、齐白石的某种不谋而合。吴先生讲，历史证明，只有正路子的中国画才能走得远，才能有大成就。从吴悦石的做派、修为、笔墨、画品中，我们隐约看到老先生在这条正路子上努力前行。

于水　金陵十二钗册页——熙凤　34cm×45cm　纸本设色　2014 年

新海派名旦香风

与张桂铭先生的第二次握手是在怀一的二月书坊，他这次从上海来，带一本新画集送我。说，个展开幕那天，刚好画集出版也刚好是他的七十大寿，巧了。大家举着画册道：无巧不成书嘛，且是一本好书！

张桂铭的花鸟画带有很深的海派基因，但他又重视笔墨，以书法行笔入画，个性极鲜明，气韵极生动，画面极雅洁，构成极当代，色彩极瑰丽，画中似有暗香浮动。他是我们"北边"最喜欢的海派画家。怀一纠正说，是新海派。

老海派曾有"四大名旦"，任伯年、吴昌硕、虚谷、赵之谦，个个名扬四海。近代则有刘海粟、林风眠、徐悲鸿、高俭父为四中名旦，亦是个个了得。现代新海派只能叫"四小名旦"，张桂铭可做得"旦"首，剩下三个名额，留给上海人民海选或公投决定。

海派画家何以旦角定位？大概跟上海阴柔之习俗民情有关。海派画家生活方式比较贵族，蓝山咖啡、江诗丹顿、爱马仕、法式料理、吴侬软语和兰花指，有点像梅兰芳的意思，香风习习中挥毫运墨……这"旦"大概应属于董其昌所言的南宗吧。若在北宗，李可染、李苦禅、黄胄、卢沉只会叫四大花脸，或四大须生，在豆汁、麻豆腐、糖蒜、提笼架鸟的气场里长大的画家，叫"旦"似不对味。

"旦"也好，"花脸须生"也罢，总之，张桂铭一派海上名士风范，是可以进入美术史的大家。上海政府也有眼光，把他的一幅大画挂在世博会里。张桂铭邀我们逛世博会时顺便一看。话音未落，他好像又想起什么，忙补充道，你们可能看不到，那画挂在贵宾室里呢。"这有何难！"我和怀一绝非等闲之辈，化装一下，把总理的保镖替下来……

英雄相惜

　　李津去南京看望病中的朱新建，两人一见面，紧紧地拥抱在一起，泪如雨下。有点英雄相惜的意思，都是风流才子、笔墨无敌手级的画家嘛。泪罢，新建在李津脸前闻了一下，笑道，这次没喝酒，此情当真。新建的大脑虽被病魔摧毁了一些，但在关键节点上，还不糊涂。

　　旁观者见他俩这么亲近，就提出：要么结个娃娃亲吧。中国有这样的传统，两个豪杰（文人也爱这样）一见如故或相见恨晚，表达惺惺相惜的唯一办法就是指腹为婚或结娃娃亲。大腕干一杯，就把儿女的终身大事给定了，比如《射雕英雄传》里的郭靖黄蓉，就是这样的一对。

　　旁观者见他俩也不反对，就进一步提出婚娶方案，新建要给女儿陪嫁三千平尺画，李津也要给儿子送三千平尺彩礼，不偏不倚，还挺公平。新建很慈善地笑：给画，给画。李津也痛快地答应下来。这一对儿女有福了，六千平尺画，一辈子吃香喝辣的啥都不做也用不完。德国朋友皮特用德语插话，他太太史红雁忙做翻译："皮特讲，他们将来离婚时，付律师费也给'平尺'吗"。大家笑，德国人还真幽默，在他们那厢，肯定理解不了，两个情投意合的男人，要用儿女婚事来诉衷肠这件事。

新建的女儿尚小，对这事的严重程度浑然不知，李津的儿子稍长，听说此事，很冷静地表示："先看照片，视频也行"。这要搁一百年前，别说看照片，直接就推入洞房完事，没得商量。时代变了，画家们若想把儿女婚事当作优良资源内部消化掉，已不太可能。做主的权利已旁落到儿女自己的手上。

朱李娃娃亲，也只是酒桌上的一个笑谈。

竹林一贤

无论谁爆个笑料，孟奇都会哈哈大笑，很爽朗的样子，嘴放得很开，准确一点的形容叫"尽开颜"，仿佛他画中高士的表情再现。我曾比着他的画对镜子练习，嘴都快撕裂了，也笑不了那么开。他画中的高士大都好饮，酒后的人脸部肌肉比较放松，嘴唇比平时略厚大，有点像水发过的海参，笑起来也比较夸张。孟奇画的大写意人物大概就是这种情景。初以为孟奇善饮，多年饭局之后才知道，他其实酒力不高，只喝少许红酒而已，由于控制得好，也没出现过酒后狂笑的景象，虽然画如其人，但艺术总是高于生活，总要夸张一点。

看孟奇画画就像看他的笑容，很过瘾。一支大兰竹提在手上，抓得不紧不松，走笔不紧不慢，（应比齐白石快，比潘天寿慢）神凝而身松，画人物而不被形所限，一幅画看下来，如同听了一曲古琴那样舒畅。没有半点装腔作势或欺世的表演。不说是当代大写意人物画之巨匠，至少也与宋代大写意画家梁楷接上了气脉。我一直觉得在新文人画派产生之前，中国画坛先出现了王孟奇等文人画风格的画家，当然，先有鸡还是先有蛋的讨论就免了。重点在，孟奇是一个传承古代文人大写意画最好的画家并具有划时代意义。

二

孟奇拉着画家方俊在西单一带的胡同里打探，想找到自己儿时的小学。五十年沧海桑田物是人非，启蒙的老师同桌的你，到哪里去寻呢。很难想象孟奇当时的失望表情，"雪夜访戴"，未见戴而归也许更有余味，若真见到同桌的她抱着孙子在街上晒太阳或在立交桥底下扭秧歌，恐怕孟奇就太崩溃了。总之，孟奇是个有思乡情结的文人，前半生漂泊的也比较多一点。

孟奇出生及童年在北京，中学在广西，插队在江苏，大学及教书在南京，后来又去了广东省国画院，现在落脚上海大学当博导。移动之多与李白、杜甫、白居易他们不相上下，游子举头望月时，思乡总是难免的。不像我总在出生地待着，缺了思乡这一课，也少了告老还乡这一节。孟奇最爱吃炸酱面红烧肉，最喜欢北京，在北京的西二环边买了房子，做好了衣锦还乡的准备，估计"笑问客从何处来"的情景就快出现了。

三

孟奇挺适合当教授的，读书破万卷不说，口才好，逻辑清晰，几句话就能把中国文化讲得很透彻。听他讲话，如同吃过一丸"牛黄清心"，挺通透的。我有时甚至奢想，也效仿孟奇老师当个教授去，讲讲课，过过瘾。但又一想，我这么爱开玩笑，教出来的学生恐怕都没正形，还是不去误人子弟吧。

我问孟奇，当博导教学生挺过瘾的吧，孟奇摇摇头，叹口气。社会浮躁，人心不古，是可以理解的。孔子对他那一大群学生，也少不了摇头叹气。最终那一群"子"们没一个超过老师的。当老师比较强大的时候，面对学生面对教育，失望总是难免的。石涛、齐白石当年恐怕也没少叹气。

四

每次见孟奇，我都问他最近画什么呢？他总是一笑："看看书，睡睡觉，随便画画。"因此他的画室叫高卧斋，我挺喜欢这种文人式的消极。我有时候上午看几页书，坐在椅子上就能睡过去，好像是被孟奇老师传染了似的。魏晋的时候也有一帮人不做事不做官，提一坛老酒到竹林子里去，谈老庄，奏古音，喝到醉，睡到自然醒，后人称他们为"竹林七贤"。孟奇是朋友中最有七贤范儿的画家，他懒得去名利场混，懒得与人论短长，懒得小算小计，懒得做越轨违规的事，甚至懒得说大话瞎话。总之，他是一个很内敛的谦谦君子。像是出身贵族，一问，其祖上果然是一大户。遇到这样的老师、朋友，算是撞上大运或叫三生有幸。

竹林七贤的身影已经远去了一千多年，今天，若重选中国的新竹林七贤，孟奇先生应该当选一贤。

于水　金陵十二钗册页——迎春　34cm×45cm　纸本设色　2014 年

高考，家长手记

学生不怕高考难

"一想到明天高考我就想撒尿。"在离今年高考还剩最后十个小时的当口，我儿子班上的同学开始出现生理反应了。有如厕次数猛增的，有见人就说知心话的，有自言自语絮絮叨叨的，十年寒窗苦，一考定成败，心理压力有点升高。

高考心理专家给出各式减压的方子，其中有一方很容易操作：父亲骑车带着儿子（女儿）飞奔，假装不慎跌倒，孩子在危急中扶起"狗啃泥"的老爸。在此过程中展现亲情，给孩子减压。我跟儿子说，要不咱也试试？儿子不屑："太演戏了吧。"也是，天真地骑车，佯装开心，再玩儿个假摔，就算是专业演员，也很难瞒过十八岁的儿子，况且我年过半百，筋松骨脆，真摔出个毛病来，倒误了儿子大事。作罢。

那就聊聊当年的红军长征吧（关键时刻还得启用主旋律）。话说红军爬雪山、过草地躲过了几百万武装到牙齿的国民党的围追堵截，来到了六盘山脚下，越过这道屏障就能看见延安和宝塔山了，红军战士心中充满豪情和喜悦。差不多到了晚上，毛主席大概夜不能寐，大概又点上一支烟，作了一首流传千古的诗词《清平乐·六盘山》。

今天，一千万的莘莘学子，手提着"高考袋"，历经几百万各科难题的围追堵截，也来到了最后一座大山的脚下，跨过"高考"这个屏障，就可以到达人生的第一个圣地了。儿子笑着看看表："这会儿到了该作诗的时辰了，您给吟一首吧。"

学生不怕高考难，

万题千题只等闲，

……

连牙刷你都别换新的

一张准考证，一支圆规，一把尺子，一块橡皮，两根2B铅笔及五支黑色签字笔。这些是明天儿子高考的标准装备。为了像发射"神七"那样，做到万无一失，我已经清点了三遍。

红豆绿豆，大米小米，黄花鱼三文鱼，基围虾大对虾，猪排牛尾，时令蔬果均已采买到位，后厨粮草准备完毕。

应对高考午休，宾馆订房是不可省的，宾馆今天还特别打来电话，说有准考证可再优惠五十元，温暖人心啊。

置备一身新的"考试服"的想法立即被儿子否决了，说上届学长苦口婆心地嘱咐："就连牙刷你都别换新的。"使用老的习惯的衣装物件，可使考试顺畅。

儿子的考点定在外校，"踩点"是备考的重要一环。今天一早，下起了丝丝小雨，我们便赶忙驱车"出现场"。到了学校，发现已经有不少学生家长在四处张望，眼神机警得跟特种部队侦察兵似的。看校门的老师说，正面那座大楼就是考场，两天前就已封闭，连只苍蝇都别想飞进去。我们放弃了进去观察的请求，仔细地将考生的入口、考试教室的设备、洗手间的方位，打探清楚并手绘了示意图。整得有点像"渡江侦察记"。

有好心的朋友送来一对麒麟和文昌塔，摆在儿子书桌的左前方，说，文气定可大旺。迷信吗？NO！犹如春节家家门上倒贴"福"字，就图个吉祥和心理安慰。

又有好心的朋友帮助买来两粒"安宫牛黄丸"，这可不是给儿子吃的，我们年过半百，明天心脏脑血管将受到严重摧

198-

残，万一扛不住，救个急（去年高考就有一家长去了八宝山）。

一闭眼，一睁眼，高考就真的要开始了。

坐车的考不过走路的

今晨六点三十分，两只闹钟、三部手机的闹铃同时响起，犹如吹响高考集结号。一家人从睡梦中一下被"电"醒，马上进入早餐准备。儿子按惯例，先听音乐预醒，十分钟后起床。一切都像发射卫星前的酒泉，紧张而有序。

七点二十分，喝过"状元及第粥"的儿子上了车，我们准时出发。由于是周日，路上车很少，走得很顺畅。在离高考点两公里的地方，找个停车场，将车停稳，陪儿子步行过去。为何不直接开过去呢？高考专家说了，根据以往的经验，坐车的考生考不过走路的、骑车的。其中的科学道理大概就是，考前的适当运动可激活全身细胞，相当于运动员比赛之前的热身吧。当年乘车骑马的国民党，打不过徒步行走的红军，说不定也有这方面的因素。总之，热身不到位，就会吃大亏，历史的经验值得注意。

十五分钟后，我们走到了考点的校门，只见很多家长正在把孩子送入考场，有的父母千叮咛万嘱咐，其情景，像是送儿女上抗日前线，又像是中央首长与"神七"宇航员的最后握别，气氛有点凝重。儿子学校的领队裴老师，身着大红 T 恤，在校门口给考生发放健康卡。儿子在填好卡后步入考场。

八点三十分，全部的考生差不多都坐在了书桌前。准考证放在桌子的右上角，左手边放笔墨。学校外的胡同站满了翘首企盼的家长，教室内的情形是看不到的，只能用心计算，此刻该发卷子了，此刻该做第一道题了，此刻，此刻……我就在想，能不能也像看"神七"发射，在操场上也弄个大屏幕，搞个考场直播，家长能看到自己的孩子答题的实况，那该多好啊。

今晚就开庆功宴

"考得怎么样？难不难？有没有不会的？……"十几个问题，是我们最想问但又绝对不能问的，因为心中装着高考专家的警告。以我们的智商，还真想不出这些"雷区"之外的问题了。一桌上吃饭，只能盯着儿子傻看，怕一开口就说错话，嘴假装被饭堵住了。儿子看出端倪，笑道："放心吧，语文有点难题，数学全做出来了。"我们总算是没被那一口饭噎住。

今天早晨的雨还真不小，打上伞，坚持两公里的行走。一路上，见许多家长陪孩子步行着去考场，虽然雨打湿了裤腿和鞋子，但家长脸上的皱纹好像比昨天舒展了许多，也许孩子首战告捷，也许今天的两门正撞到孩子的"枪口"上。

由于下雨，各校的领队老师点名临时改在了校门内。在学校门口，家长、监考老师、民警、协管员在雨中显得紧张而有秩序，五颜六色的伞构成类似"阳光总在风雨后"的旋律，也许，儿子的高考正走在"风调雨顺"的路上。

今天下午五点整，在考场外焦急等候了两天的家长，将迎接走出考场的孩子，或者来个紧紧拥抱，或者热泪盈眶，或者击掌喊 yeah！总之，北京十万高考家庭将迎来历史性的一次"解放"。不管儿子考的结果如何，我的心中有句台词在久久回荡："中国人民从此站起来了！"

一个北京孩子，从七岁开始，进入长达十二个寒暑的高考应试准备程序，除了课堂的教程之外，还要加学奥数、奥物，各色补习班，家教等。从重点小学要考入重点初中，而后考入重点高中，最好再考进实验班，这样才有可能在高考时冲入北京前六百名，或上一本线，被清华北大等名校录取。孩子、家长和老师在这其中的磨难，差不多能跟"杨白劳"一拼高下了。把今天定为"解放日"一点也不过分吧。

啥也别说了，今晚就开庆功宴吧。接上儿子，直奔后海，找一个靠水边的位子坐下来，叫几个小菜（孔乙己的茴香豆不可少），一打冰啤，慢吃慢饮，让儿子好好倒倒苦水，咱也放下家长的架子，来个推心置腹，来个酒后吐真言，来个自我感动，来个泪眼哗哗的……

今夜，不醉不归（特别叮咛：醉酒有害健康，慎仿）。

等待着发榜的"大限"

从今天开始到 6 月 24 日分数出榜，掰着手指头算也就是半个月，但对于考生和家长来说，漫长得如同半个世纪。"考好了还是考砸了，过了提档线了吗？"千万次地问自己，都快成"神经质"了。

"大限"这词并不算太夸张，中国的高考报名，是一门高智商的"模糊学"（教委主任说的词），我们潜心研究了小半年，阅读资料"破万卷"，提着心，颤抖着手，给儿子填上了报名志愿。因为第一志愿一旦失手，将会落榜到二志愿甚至今年没学上，叫"大限"、叫"地狱"都不算过分。而决定第一志愿的因素是不固定的，比如，该校的提档线每年不同，比如，孩子的高考成绩无法准确预估。报高了吧，差一分名校进不去，就一落千丈；报低了吧，万一考出高分，也只能上次学校。一想到这些，晚上睡觉常被惊出一身一身的冷汗，不知别的家长是否身心比我更坚强一些。

待榜的煎熬没想到会来得这么猛烈。

上午儿子正在大睡，看了一眼他的房门，我笑了，不知什么时候上面贴了一张状元"通知书"，有万历皇帝的朱笔御批："第一甲第一名"还加盖了"弥封关防"的官印。我感叹，儿子长大了，知道下药方为父母解忧，适时地幽默一下。

今天的学子比明代的秀才，至少心理素质有了大幅提高，近十几年的高考下来，还未出现过一中举就疯掉的"范进"先生。

著作等身之叹

　　对一个中国文人的最高评价就四个字，"著作等身"。我的第一本文集《大忘楼笔记》出版之时，大脑屏幕上老是出现这四个大字，有一点点窃喜，好像就要建功立业似的。于是，见四下无人，便取一本放在脚边来比，其高还未过脚面，顿受打击，何时才能著作等身啊。我粗算了一下，二十五本到膝盖，等身至少九十五本，以每年写一本的速度，我要勤奋到一百五十岁。犹如把喜马拉雅山打一个通风口，这是一个不可能完成的任务。

　　我猜，著作等身这个词应流行于唐宋以后。上溯到孔子那个时代，字写在竹简上，一卷竹简也不过千余字，孔子的著作大概可以装一牛车。竹简又不能一个个码起来与人比高，那时候就不好讲著作等身，也许叫著作五车吧。唐宋以后有了木版印刷的线装书，因木刻的宋体字比较大又是单面印，一本书也就万把字，我量过，一套《金瓶梅》摞起来，已过膝。因此，像袁枚、纪晓岚等等作家，著作等身是一定的。

出版业的革命，也革了著作等身这个词的命。比如张爱玲、贾平凹、王朔等等，写了那么多书，摞起来也不过刚到肚脐眼。比比他们，我也就欣然了，一个画画的，又何必有著作等身之累。再说了，文字的标准不是以量计胜负。又不是评职称，非得多少字。孔子的《论语》、老子的《道德经》字少得都不能成册，但都流传千古。有的人写书无数，但都没有一句能流传下来，这就比较可悲。

看着我脚边的《大忘楼笔记》，不禁有弘一法师之叹：悲欣交集！悲：断了著作等身的念想，没了名句传世的奢望；欣：出本书逗着自己高兴，如果意外博个诸君一笑，那就是大欣了。

向著作等身的前辈们致敬！